ハイスクールD×D
ご注文はアクマですか？
DX.6
Angel
JN031336

Tea Time for Beautiful Girls
リアス・グレモリー
紫藤イリナ
姫島朱乃
ゼノヴィア・クァルタ

ハイスクールD×D DX.6

ご注文はアクマですか？

石踏一榮

ファンタジア文庫

3062

口絵・本文イラスト　みやま零

目次

小さくてもおっぱい――。
大きくてもおっぱい――。

・CAFE C×C・

ここは駒王町にある喫茶店「C×C」。
「D×D」メンバーたちが集まるこのお店で、
イッセーたちがくつろぐ声が今日も聞こえてくる。

「あら、イッセー。なにを見てるの？」

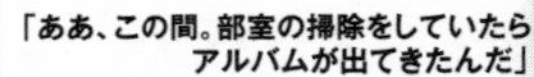
「ああ、この間。部室の掃除をしていたら
アルバムが出てきたんだ」

アーシア

「懐かしいですね。私とイッセーさんが
会ったばかりのころの写真です」

「この頃は、わからないことばっかりだったな。
二人でみんなの悪魔仕事を見学したっけ」

「いろいろあったわね……
まだ1年くらいしか経ってないのに、
随分昔のことみたい」

「へええ、イッセーくんたちにも
こんな時が……」

「イリナ。お前、ここでは店員なんだろ？
仕事しなくていいのか？」

「いいのいいの。休憩ってことで！
で、この頃のお話聞きたいわね。
話してくれる？」

「仕方ないな……
じゃあ、思い出話をするか」

Life.1　悪魔、継続中です！

「おい！　コラ、待て！」

深夜――。俺は怒声を張り上げながら夜の廃墟を駆けていた。

突然、部長のもとに大公からの命令がくだったからだ。内容は――はぐれ悪魔の討伐。

俺たちは、はぐれ悪魔が潜伏しているという町外れの廃墟ビルに赴いていた。入って早々に魔力での歓迎を受けて、はぐれ悪魔との追いかけっこが始まったんだ。

「キリがないわね！」

俺の隣を走る部長が手元から滅びの魔力を迸らせて前方に撃ち込む。

ドゥッ！　暗がりの廃墟ビルに凶悪な力が走り抜けて廊下の壁、床を抉りながら奥に伸びていく。

刹那――。廊下の先から幾重もの魔方陣が展開して、滅びの魔力を防ごうとしていた。

バリンッ！　ガラスが割れる音のようなものを立てながら防御の魔方陣は滅びの力によって儚く砕かれていく。

「くっ！」

苦悶の声も聞こえてきた。いまの衝撃で敵もダメージを受けたようだった。

「部長、先に前に出ます！」

瞬時に横に現れた木場がそう言うなり、魔剣の刀身を煌めかせて前方に飛びこんでいく。

数度の剣戟による火花が夜の闇に弾ける。その後、特に物音がしなくなったのを確認して部長は息を吐いた。

「どうやら、祐斗が敵の牙を削いだようね」

朱乃さんも後方から現れて俺たちと合流する。

「あらあら、もう終わりましたの？　あの方の放った魔物をお片付けしている間においしいところを部長たちに取られてしまったようですわね。ね、小猫ちゃん？」

朱乃さんと共に登場した小猫ちゃんは、手に持っていた不気味で大型の羽虫を廊下に放り投げると一言つぶやく。

「……弱かったです」

廊下にぶつけられた羽虫はしゅわしゅわと音を立てながら泡となって消えていった。はぐれ悪魔が放った使い魔の虫だ。朱乃さんと小猫ちゃんがそれぞれの相手を受け持ち、俺たちが目標を追う形となったんだ。うぅ、不気味な姿のやつは消えるときまで異質だな……。

「この虫さん、なぜか私の胸を集中的に狙ってきましたわ」

朱乃さんがそう言う。胸を狙う……虫？　飛んで火に入る夏の虫的な胸に飛び込む虫ってことか？

「イッセー先輩みたいな虫です」

小猫ちゃんが嘆息しながらつぶやく！　すみませんね、虫のような存在で！

「はぅぅ……夜の廃墟は怖いです……」

朱乃さん、小猫ちゃんの背後からひょっこり姿を出したのは怯(おび)えた様子のアーシア。はぐれ悪魔討伐が初めてのアーシアは後衛に入り、朱乃さんと小猫ちゃんの邪魔にならないように見学をしていたんだ。

「全員、そろったわね。さて、はぐれさんの顔を拝ませてもらいましょうか」

部長を先頭にして、木場が追い詰めた相手のもとに俺たちは近づいていった。

廊下の奥——行き止まりでローブを羽織ったやせ形の男性が肩に負った傷を庇(かば)いながらひざをついていた。木場が一瞬も視線をずらさずに魔剣の切っ先を向けていた。

部長が一歩前に出て不敵な笑みで問う。

「ごきげんよう、はぐれ悪魔さん。チェックメイトね。それとも投了せずに向かってくる覚悟はあるのかしら？」

部長の言葉に男性は無抵抗の証として両手を上にあげた。

「いや、降参しましょう。かのグレモリー家の姫君が相手ではさすがに分が悪いでしょうからね」

へー、案外、素直だな。以前のはぐれ悪魔バイザーみたいに徹底的に向かってきてうちの部員に返り討ちにされると思ったんだが……。

「では、投降して冥界の裁きに身を委ねるということでいいのね？」

「……良いお乳をしておられる」

部長の問いにはぐれ悪魔はそんなことを返していた！　野郎、部長の乳をじっと見ながら嫌な笑みを見せやがった！

部長が目元を細めながら再度訊く。

「投降、するのよね？」

「……ええ」

凄みの利いた部長のその質問に男はうなずく――嫌な笑みを絶やさないまま。

「よろしい。朱乃、彼を拘束後、魔方陣で冥界に転送してちょうだい」

「了解しましたわ」

部長の命令を聞き、朱乃さんは「残念、もっと抵抗されたら私も楽しめましたのに……」と怖いS面を見せながらも魔力で男性を拘束していく。魔力で生みだした縄で男性を縛っていく。縄には拘束用と思われる悪魔文字が浮かんでいた。拘束したと同時に男性の足下に転送用の魔方陣が展開した。闇夜に魔方陣の光がまばゆく輝く。

結局、これで終わりか。前回のバイザー戦で俺は何も活躍できなかったから、今度は役に立とうと張り切っていたのだが……。せっかくのブーステッド・ギアの倍加と譲渡も使えなかったよ……。フェニックス戦を経て、多少は強くなったつもりなんだけどな。木場や朱乃さんに比べるとまだまだか。とほほ……。

気落ちする俺の視界に――転移魔方陣に消えていく男性の醜悪な笑みが見えた。

「……やるべきことはやりましたからね」

それだけつぶやいて男性は転送されていった――。

「やるべきことはやりました、か」

俺ははぐれ悪魔が最後に言い残した意味深の台詞をぼそりとごちながら、部屋で風呂に入る準備をしていた。

はぐれ悪魔を討伐後、俺たちは解散となった。ライザー・フェニックスとの一戦を終えた俺たちは普段通りの生活に戻り、平和な日々を送っていたのだが、突然はぐれ悪魔討伐の命令がくだされたわけだ。──で、先ほどそれも解決してきたっと。

眷属の皆、討伐が完了してホッとした表情で家路についた。ただ、俺だけが最後に男が漏らした台詞を忘れられずにいたんだ。

主のもとから逃げだし、やりたいことも終えたので捕まっても良かったのか？　そのやったことってなんだ？　話だと、夜な夜なあの廃墟で謎の実験を繰り返していたようだが……。実験施設らしきものは重要そうな資料だけ冥界に送り、残った施設は俺たちですべて破壊してきた。

……最後の最後で部長のおっぱいに感想を漏らした、はぐれ悪魔。俺はそこに引っかかってもいた。はぐれ悪魔が作った虫の魔物も朱乃さんの胸を狙ったしな……。

うーん、俺が考えたところで何も閃きそうにないな。まあ、いいや。今日一日の疲れを取るため、風呂に入ろう。

一階に下りて、風呂場に入ったときだった。

「あら、イッセーもお風呂？」

──っ！　脱衣所で半裸の部長とご対面⁉　部長のお風呂タイムだったんですかぁぁぁっ⁉　しかもすでにパンツだけしか身にまとっていない状態だった！　乳が！　生乳が！

先端のピンクのものまでお目見えしているじゃありませんか！　なんたる眼福！　いや、なんたるタイミングだ！

しかも部長ったら、俺に見られても一切隠す気配もない！　相変わらず俺に裸を見られても平気らしい！

そう、俺はすっかりはぐれ悪魔の言葉で忘れていた。

婚約破談の一件以来、部長は兵藤家に下宿することになったんだ。なったというか、部長が強制的に俺の家に住みだしたというか！

それ以来、こういうエロエロなハプニングも起きるわけでして！　朝起きたら寝床に部長も寝てたとか、風呂に入っていると部長が平然とお邪魔してくるとか！　そういうことがしばしば起きていた！

俺としては……最高のシチュエーション！　これ以上ない幸せな暮らしなんだけど……。たいてい、この手のハプニングが起きると決まって登場するのは——。

「はぅっ！　また部長さんとイッセーさんは一緒にお風呂に入ろうとしているのですか⁉」

ここに下宿しているもう一人の女の子——アーシアちゃんだった！　おおおおおっ、アーシア！　キミは本当にこの手のタイミングがバッチリだね！

「アーシアもお風呂？　じゃあ、三人で入れば時間の無駄にならないわね」

部長はこの状況で笑顔を浮かべながら俺とアーシアにそう告げたのだった！


浴室。俺はバスチェアに座っていた。

ごしごしと俺の背中を洗ってくれる――部長！

「やっぱり、イッセーも男の子ね。背中が広いわ」

などと言いながら部長は俺を洗ってくれていた！　手も足も！　浴室の鏡越しに映る全裸の部長！　肌色ばかりだ！　豊満な乳をぶるるんと揺らしていた！　隠す素振りすらしないなんて！　もう鏡越しの部長を見るのに集中してしまってしょうがない！

……もう少し。もう少し、こう動いてくれると――。

その部長の手が前のほうにも伸びてきた。

「前も洗ってあげるわ」

――っ！　それはマズい！　俺は咄嗟に身を縮めた！

「ほら、隠さないの」

部長が強引に俺のガードを崩そうとしてくる！

むにゅううう。

――って！　背中に伝わるこのやわらかく、もにゅんもにゅんした感触はまさか！　おっぱいか！

部長が俺のガードを崩そうとして、背中に引っ付いてきたんだ！　クソ！　女体のやわらかな感触が俺の体に伝わってきて大変なことになろうとしている！

「い、いえ！　さ、さすがにそれは！」

抵抗をするものの、部長は下がらない！

「恥ずかしがらなくても大丈夫よ。イッセーの裸はよく見ているもの。今更でしょう?」

今更なのですか⁉　そうかもしれないけど、さすがに前ぐらいは自分で洗いますよ！　ていうか、この風呂場にはもう一人いらっしゃるでしょう！　先ほどから浴槽に浸かりながらこの様子を見学している女の子が！

「そ、そうは言ってもですね！　アーシアもいますし！」

そう、浴槽にはアーシアが入っていて、顔を真っ赤にさせながら俺たちの様子をうかがっていたんだ！

「はぅぅっ！　イッセーさんと部長さんが……裸で洗いっこ……！」

浴槽から顔だけ出して、ドキドキしつつも興味を強く引かれているようだった！　アーシアちゃんがエッチなことに興味津々だなんて！　教会育ちのアーシアには刺激が強すぎかも！

アーシアのほうに視線を向けた部長がピタリと手を止めて息を吐いた。

「それもそうね。私の下僕スキンシップはまだアーシアには刺激が強いかもしれないわ」

どうやら、諦めてくれたらしい。しかし、この激しい後悔はなんだろうか？　前も洗ってもらえばよかったのか!?　で、でも、アーシアの前でそんなことは……っ！　クソ！　俺にもっと甲斐性があればきっともっとすごいことも……！

強い後悔の念を残しながらも俺は残りの部分も洗い、石けんの泡をシャワーで落とした。

体を洗った俺の手を――ふいに部長が取った。

「それはそうと、そろそろドラゴンの力を抜き取らないと左腕がドラゴンのものになってしまうわね」

あ、もうその時期か。そう、部長の言う通り、俺はライザーから部長を奪い返すために赤龍帝ドライグに左腕を支払い、莫大なパワーを得た。その結果、俺の左腕はドラゴンの腕になってしまったんだ。

いまは部長と朱乃さんのおかげで通常の腕になっているけど、定期的に溜まるドラゴンの力を腕から抜き取らないと再びあの赤い鱗だらけのものになってしまう。

「……私のためにこんなことに」

俺の左腕をつかみながら、部長は悲哀の表情でそうつぶやいた。

……部長がそんな顔をする必要なんてないさ。俺は首を横に振りながら言った。

「俺は後悔なんてしていないって言ったじゃないですか。部長が気にすることなんてないんです」

「イッセー……」

部長が目を潤ませながら俺の左腕をつかむ手の力をきゅっと強くした。そうさ、部長がこうして戻ってきてくれた。これ以上の幸せなんてないじゃないか。腕を支払うだけの価値は十分にあった。

――と、突然ガラッと浴室の扉が開かれる。現れたのは――。

「あらあら、お熱いなか、お邪魔でしたかしら」

一糸まとわぬ姿の朱乃さんだった！　俺の目におっきなおっぱいが飛びこんでくる！

あ、朱乃さんの生乳！　やっぱり、デカい！　部長と同等！　いや、それ以上かも！

朱乃さんの登場に驚く部長。

「朱乃！　どうしてここに？」

朱乃さんは微笑(ほほえ)みながら答える。

「うふふ、そろそろイッセーくんの腕からドラゴンの力を抜き取る頃だと思いましたので。それにひと仕事終えたあとですもの、お風呂に入っているかもしれないと」

そう言うなり、朱乃さんは浴槽のお湯を風呂桶ですくい、それをひと浴びすると振り返って俺の手を部長から奪い取った。

「さて、ドラゴンの力を抜き取りましょうね」

朱乃さんは小さく口を開くと――俺の左手の人差し指をくわえた！　そして、ちゅーちゅーと吸いだした！

ドラゴンの力を抜き取る方法。それは魔力の高い悪魔が直接吸い取ることだった！　あのドラゴンの腕になって以降、俺は部長と朱乃さんにこのようにしてドラゴンの力を抜き取ってもらっていたんだ！

……くーっ！　朱乃さんの口のなか、温かくてぬめっとしていて、それでいてやわらかい！　何よりも指に舌が、ベロが、ぬるりとして！　たまに指の腹をペロリとなめてくれるからたまらない状態になる！

つーか、前方に広がる朱乃さんの全裸！　乳、太もも！　鼻血がとめどなく噴き出てくるよ！　ガン見です！　この光景に目を背けてしまうなんて罰当たりに違いないんだ！

脳内保存脳内保存！　今夜は俺のなかでとてつもなく盛り上がれそうだぜ！

「ふふふ、気持ち良さそうですわね？　もっと吸い取ってあげますわ」

朱乃さんが指を吸い上げる力を強めた！　Sだ！　朱乃さんがSな面で俺の反応を楽しみだしたぞ！

脳内がとろけきりそうな俺！　その俺の手を部長が再度奪い取る。朱乃さんの口から指が解き放たれたとき、唾液の糸がツーッと繋がっていてエロかったです！

「今日は私の番のはずよ！」

片眉を不機嫌そうに吊り上げながら、部長はそう宣言する。確かに前回も朱乃さんだったから、順番的には今回部長なんだろうけど……。

と、今度は部長が俺の指を吸う！

ちゅううううっ。

うわっ！　部長の口のなかも官能的な感触だ！

「うふふ、部長ったら。でも、私だって部長に負けませんわ」

そう言うなり、またまた朱乃さんが俺の左手を部長から奪って口のなかに――。

「ちょっと、朱乃！」

今度は部長が！　そんなふうに部長と朱乃さんが浴室で俺の手を取っては吸って、取っては吸ってと争いだした！　完全にドラゴンの力は吸い取れて、状態的にも軽くなったんだけど、お二人の争奪戦は収まる気配もなく、さらにエスカレートしていく様相だった！

お、俺の手があっちにいったりこっちにきたりで……！　気持ちいい反面、疲れてきたんですけど！

「はぅぅっ！　なんだかとってもエッチです！」

この光景を見ていた浴槽のアーシアはハラハラとした様子で見守っていたが……。

朱乃さんが突然問いだした！

「アーシアちゃんもやってみます？」

えええええええっ⁉　ここにアーシアも参戦ですか⁉　俺の手、どうなっちゃうの⁉

「ここに小猫ちゃんがいないのが残念ですわね」

朱乃さんがふいにそう漏らすけど……。

俺の脳内で浴槽に浸かる小猫ちゃんが「はくしょん」とかわいくくしゃみをする光景が思い描かれた。……まあ、そうなったら、俺、ぶっ飛ばされていそうだけどね。

「では、アーシアには私が教えるわ」

「いえ、ここは私が」

「もう！　朱乃！　いまの件といい、割り込まないでちょうだい！　私が『王』なのよ！」

「あらあら、こんなときに『王(キング)』の特権発動だなんて余裕がない証拠ですわね」

「むむむむ！」

……なんだか、部長と朱乃さんが言い争い始めたぞ。アーシアもどっちについたらいいかわからずに浴槽で「お、落ち着いてください！」と二人をなだめていた。

この調子はとてもよろしくない気がする。きっと、お二人のケンカに巻き込まれて大変なことになりそうだ。エロくて卑猥(ひわい)な場面だけど、身の危険を感じたので俺はバレないように浴室を出ることにしたのだった！


―○●○―


次の日、俺は教室の自席で脳みそをとろけさせていた。昨夜のお風呂(ふろ)場の一件を脳内再生していたからだ。けど、お姉さま方のケンカに巻き込まれるのはゴメンだぜ。眷属(けんぞく)最強のお二人が暴れたら俺の身が保(も)たないよ……。

事実、俺よりもあとに風呂場から上がったアーシアは疲れ切った様子だったし……。

あー、でも、刺激的な一夜だった。って、部長がうちに来てからエッチな場面が多くなってきたんだよな……。ぐふふ、幸せだな。

「おう！　イッセー！　何、難しい顔してんだよ！」

松田が俺の後頭部を叩きながら現れる。横には元浜もいた。

「んだよ、松田」

半眼で頭をさする俺の胸ぐらをつかむ松田！　表情は憤怒に包まれていた。

「最近、リアス先輩と一緒に登校することが多くなったじゃねぇか！　どういうことだよ！　つーか、下校も一緒にしているよな⁉」

元浜も食い下がってくる。

「そうだぞ。いくら同じオカルト研究部所属とはいえ、共に登下校するなんて怪しさ爆発だ。聞けば腕を組んで帰っているという噂まで耳にした」

おお、そのことか。まあ、一緒に住んでいるからな。同じ方向に登下校してしまうのは仕方ない。てか、部長ってライザーの一件以降、俺のかわいがりがエスカレートしましてね。腕を組んで帰るのもそうだけど、家でも膝枕やハグをしてくれるのですよ！　下僕冥利に尽きる！

「ま、俺のお姉さまだからな」

気取って言ってやると、スケベ二人は奥歯をギリッと噛んで血涙を流す様相だった。

ふふん！　俺はこのままおまえらを超えてやる！

――と、気を取り直した松田が思いだしたかのように言う。

「そういや、知ってるか？　最近、この学校の女子の一部が休んだり、早退してるのが多いって」

……それは初めて聞いた。

「なんだ、それ？　初耳だ」

「なんでも、女子限定で体調不良が続いてんだよ。病気でも流行（はや）ってるのかと思えば、病院じゃただの貧血扱いだったようでさ」

松田の説明に元浜が続く。

「で、問題はここからだ。その体調不良を訴える女子に共通点があるんだよ。――皆、巨乳の子ばかりなんだ」

俺は素っ頓狂な声を出す。

「きょ、巨乳の子限定？　それ、マジなのか？」

俺の問いに元浜はうなずく。

「この学園に通う全女子のデータを持つ俺が言うんだ、間違いない。全員、スタイルバツグンの女子ばかりだ」

なぜにスタイルバツグンの女の子ばかりが？　何か巨乳の子だけがかかる新病でも発生

しているのか？　しかも駒王学園限定で？　話だと他の学校までは蔓延していなさそうだし……。

──っ。

ふいに昨夜のはぐれ悪魔の一件がフラッシュバックする。……胸にこだわる悪魔と今回の巨乳の子ばかりが体調不良になる理由……。何かがあるような……！

………。

うーん、首をひねってもやっぱり答えなんて出てこないし、昼休みにでも部長に訊いてみるか。

と、昼休み。俺はアーシアと部室に来てお昼を取っていたんだが……。

「はーい、あーん」

部長がお箸で玉子焼きをこちらの口に「あーん」してくれていた。部屋には俺と部長、アーシア、朱乃さんしかいない。木場と小猫ちゃんは用事があってどこかに出ていた。

「あ、あーん」

俺も戸惑いながらも大口を開けて、玉子焼きをぱくつく。口に広がる甘味、旨味、適度な塩加減。うん、うまい！　部長の手作り弁当を堪能中だった！

「うふふ、おいしい？」

笑顔で訊いてくる部長。俺は強くうなずいて肯定した！

「は、はい！　おいしいです！」

「そ。それはよかったわ」

部長もご機嫌の様子だった。ここ最近、部長は俺のために朝早くから弁当を作ってくれていた。すごくありがたい反面、ここまでしてもらっていいのかとさえ逆に恐れ多くて……。けど、光栄で幸せなのは確かです！　いやー、最高だ！　惚れた女性に「あーん」してもらえるなんて夢の出来事じゃねぇか！

俺と部長の昼食風景を見ていた朱乃さんが意味深に微笑む。

「あらあら、お昼から熱々ですわね」

「うう、私もお弁当を作ってきたのですが……」

アーシアが自分用のとは別の弁当箱を手に持ちながら涙目になっていた！　なんてこった！　アーシアちゃんも作ってくれていたのか！

「も、もちろん、アーシアの手作り弁当も食べるよ！」

俺はアーシアから弁当を受け取ると素早く箱を開ける。部長ほどではないが、彩り鮮やかな中身だった。タコさんウインナーも玉子焼きもある定番のものだ。俺は口に運んでいく。……お、これは！

「うん！　うまい！」

お世辞じゃなかった！　本当にうまい！　てか、これは……。

「母さんの味だ。教えてもらったのか？」

俺の問いにアーシアは恥ずかしそうにもじもじしながら「はい」と一言つぶやいた。

おおっ、うれしいじゃないか！　兵藤家の味を覚えてもらえるなんてさ！　そっか、母さんが教えたのか。俺の脳内で嬉々としてアーシアに弁当の作り方を教える母の姿が思い描かれた。

「よかったです。練習したかいがありました」

アーシアは安堵していた。部長がその光景を見て小さく笑んだ。

「うふふ、アーシアもやるわね」

アーシアの弁当作りを微笑ましく感じているようだった。

「負けそうですけど、ま、負けたくありませんので」

「あなたよりも後発だけれど、私も負けないわ」

そう言うアーシアと部長が同時に苦笑した。な、何事？　二人の間に何が流れまししたか？

二人の様子を怪訝に思う俺。その視界の隅にまばゆい輝きが入り込む。

部室の中央を見やれば連絡用の魔方陣が光で円を描き出していた。

それを確認すると朱乃さんが言う。

「あら、部長。魔方陣が。これは――」

「ええ、そのようね」

得心したように部長はうなずいていた。刹那、光が弾けて魔方陣から何かが投影されていく。――人影、いや、銀髪のメイドさんの立体映像だった。

『ごきげんよう、お嬢さま』

あいさつをしてくれる――グレイフィアさん！　ライザーのときに俺の看病をしてくれた以来だ。魔方陣での連絡？　グレイフィアさんが？　何か起こったのかな？

部長が突然の連絡に問う。

「ごきげんよう、グレイフィア。何かあったのね？」

『はい。昨夜、お嬢さまが討伐されましたはぐれ悪魔についてです』

――はぐれ悪魔。

昨夜のやつね。グレイフィアさんはそのはぐれ悪魔について報告を続けてくれた。

「──では、あのはぐれ悪魔は魔物関連の錬金術師だったというのね？」

説明を聞いた部長がそうグレイフィアさんに問う。

『はい。主であった上級悪魔からの証言と──本人の自供でそのように』

「それで問題というのは？」

『そのはぐれ悪魔はこの町に一匹の合成獣──キメラを放ったというのです』

その報告に部長と朱乃さんの表情が若干険しくなる。ご、合成獣？　キメラ？　キメラっていろんな魔物がごっちゃになった生物だっけ？　俺の知識ではそれぐらいしか出てこなかった。

「そのキメラの特徴は？」

『はい、冥界の食獣植物とドラゴンのキメラだそうです』

「しょ、食……じゅう？」

聞いたことのない単語に俺は首をひねっていた。朱乃さんが答えてくれる。

「冥界には魔獣を養分にする巨大な植物が存在しますわ」

はあ、そういう危なげなものが冥界に生えていると……。魔獣を餌って、相当な妖怪植物なんじゃないか……？　怖い怖い。

部長はグレイフィアさんの説明を聞き、あごに手をやっていた。

「その食獣植物とドラゴンのキメラ……。ドラゴンとのキメラは厄介ね。ただでさえ、ドラゴンは生物のなかで最強を誇るというのに……」

ドラゴンは最強の生物――。ライザーのときにもドラゴンってのが悪魔、天使とは違う力の塊だと説明を受けたな。それが俺にも宿っている……。

『以上で通信を終わります。何か他にも情報が入りましたらその都度、ご連絡致します』

「ええ、よろしくね」

『では、失礼致します』

グレイフィアさんの立体映像はそれだけ言い残すと魔方陣と共に消えていった。

「部長、帰還しました」

外に出ていた木場と――小猫ちゃんが戻ってきた。

「……ただいまです」

二人を確認すると、部長が不敵に問う。

木場も小猫ちゃんも心なしか表情が険しかったからだ。

「お疲れさま、祐斗、小猫。その表情だと何か収穫があったようね？」

木場がうなずく。

「ええ、見つけました。この学園の女子を狙うものを――」

Life.2　オカルト研究部VSおっぱいキメラ！

深夜の駒王学園。

木場から報告を受けた部長は夜まで動くのを待つことにしたんだ。そして、深夜になってから行動を開始した。

俺たちは現在、駒王学園高等部の敷地と大学部の敷地の間に存在する雑木林のなかを進んでいた。木場と小猫ちゃんが先頭。そのあとを俺、部長、朱乃さん、アーシアがついていく。

「じゃあ、部長も例の噂を調べていたと？」

歩きながら部長に問う。

「ええ、この学園を取り仕切っているのはグレモリー家よ。その学園で不埒な行為をおこなう輩は万死に値するわ。だから祐斗と小猫に陰で動いてもらっていたのよ」

そうか、俺が松田たちから得ていた情報はすでに部長の耳にも届いていたんだな。そして、独自に調査をしていた、と。木場と小猫ちゃんは調査の結果、犯人を見つけた。それがこの雑木林にいるってことか。

木場と小猫ちゃんが進み、ついに歩みを止めた。雑木林の少しひらけた場所に出る。そこには——。部長がそれを見て、驚愕していた。

「これは……！」

俺たちの眼前に現れたのは——不気味に大きく茂る植物のようなもの！　幾重もの茎が折り重なったようになった姿。一番上にはおっきな花びら。地面に広がる無数の根っこらしきもの！

中心部分が赤く発光し、どくんどくんと脈打っていた。

「植物の魔物？　いえ、これは——」

部長の視線の先を追えば——花びらの中心にドラゴンの頭部みたいなものが出現していた！　あれ、ドラゴンだよな！　いちおう、夢のなかと、アーシアの使い魔であるチビドラゴンを見たことあるけど、それに類似しているし！

「合成獣——キメラですわね。グレイフィアさまがおっしゃっていたのはこれのようですね」

朱乃さんが花を見上げながらそう言う。これが……キメラ！　グレイフィアさんの言う通り、植物とドラゴンのキメラなんだな。うわー、不気味っていうか、バケモノそのものなんだけどさ。大きさは六、七メートルくらいかな？　やっぱりデカい！

「――っ！　隠れて、誰か来るわ」

部長がそう俺たちを促し、巨木の陰に隠れることに。

陰からキメラのほうをうかがっていると――物陰からふらりふらりと人影が近づいてきた。――女性だ。若い。年格好から察するに女子高生ぐらいか？

「……あの方、駒王学園の生徒ですわね。見たことがありますわ」

朱乃さんがそう言う。マジか。うちの生徒！

その女生徒は植物キメラに近づくと――歩みを止めた。すると、キメラが静かに動きだして、触手の一本を女生徒に向けて放った！

触手が女生徒の全身を包み込んで――どくんどくんと脈打ちだした！　その光景はまるで女生徒から何かを吸い取っているかのようで――。

数分後、触手は女生徒を解放する。女生徒は先ほどよりも疲れ切った様子になりながらも命に別状はないようだった。

そのまま、ふらりふらりとその場をあとにしていく。それを観察していた部長がつぶやく。

「なるほど、ああやって狙った女生徒に術をかけて夜な夜なここに来るようにしていたんだわ。そして、生気を吸い取って養分にしていた、と」

マジッスか！　あのキメラ、そんなことができるのかよ！

　驚く俺の横で部長は悔しそうにしていた。

「……私たちに気づかれずこの学園でここまで育つなんて……。不覚にもほどがあるわね」

「……いえ、そうとも限りませんわ。このキメラ、あらかじめ気配を消す術式――幻術の類を自然と発現できるように作られているようですわね」

　朱乃さんの言葉に部長は嘆息する。

「あのはぐれ悪魔の錬金術師、なかなかのキメラ使いだったようね。どちらにしても私たちにバレたのが運の尽き。ここで消させてもらうわ」

　部長の言葉に眷属（けんぞく）の皆がうなずいた。俺も生唾を飲み込んで覚悟を決めたあとにうなずく！　同時に籠手（こて）を出現させた！　よし！　バトル開始ってことだ！

　俺たちは攻撃の姿勢のまま、キメラの前に飛びだしていく。

　――途端にキメラの様子が変貌し、ドラゴンの頭部を持ち上げてこちらにギラギラとした瞳を向ける！　殺意むんむんだ！　無数の触手も動き始める！

「あらあら、私たちの攻撃的なオーラを感じて防衛本能が働いているようですわ」

手元に電気を走らせながら朱乃さんは笑む。小猫ちゃんが気合いを入れるように両の拳をガツンと合わせた。

「……好都合。ぶっ飛ばします！」

「そうだね。この学園の平和を脅かす者は倒すべきだ」

手から魔剣を作りだす木場。俺も籠手を突きだし、キメラ相手に吼えた！

「よっしゃ！　かかってこいや、植物キメラ！」

オオオオオオオオオンッ！

俺の声を聞き、キメラがけたたましい声を発した！

それが戦闘の合図となった！　木場と小猫ちゃんが飛びこみ、触手を斬ったり、引き千切ったりする！　そこへ朱乃さんの雷撃と部長の滅びの一撃が降り注いだ！

『Boost!』

俺も籠手の倍加をさせながら敵の触手攻撃をやり過ごしていた！

キメラの触手は俺たちの攻撃で容易に破壊できる！　しかし、ものすごい数だから、やってもやっても次々に出現して俺たちに襲いかかってくる！　触手を重ねて振り下ろしてきたり、盾にしたりして、攻守をうまく機能させていた！　こいつ、案外賢いぞ！

「くっ！　斬っても斬ってもキリがない！　再生力が僕らの攻撃を上回っている！」

木場が毒づく！　そう、触手は斬っても千切っても燃やしても瞬時に再生して何事もなかったかのように攻撃を再開させるんだ！　これじゃ、キリがない！

『Explosion!!』

「倍加完了！　ドラゴンショットだ！」

倍加の済んだ俺がドラゴンショットを撃ち込むが――、巨体をうまく動かしてギリギリでかわしやがった！　そんなこともできるのかよ！

「ドラゴンの遺伝子を持っているせいで、あらゆる属性に対する耐久性も折り紙付きですわね！」

炎、氷、雷といろんな属性魔力を放った朱乃さんも笑みのなかに険しさを浮かべていた。

「……打撃への防御力も相当です。手応えを感じません」

重なった触手の堅牢さに、特大パンチを放っていた小猫ちゃんも眉間にしわを寄せていた。

部長の滅びの魔力も触手に当たれば一瞬で目標を無に帰すことができるけど、再生力がそれを上回っていた！

「ただのキメラにしては強すぎるわ！　人間界の空気と土、そしてこの学園の生徒の生気がよほど合っていたようね！　本来以上のスペックを引きだされているように思えるわ！」

部長も舌を巻いているようだった！　――と、そのキメラの触手が部長の体に巻き付きだした！　部長だけはなく、朱乃さん、アーシア、小猫ちゃんに絡みついていく！

「しょ、触手が！」

「あらあら、エッチな触手ですわね」

宙に持ち上げられた女性陣！　部長も朱乃さんも触手を引きはがそうとするが、ぬるぬるしたものが分泌されているようで手が滑って力が発揮できていない！

――っ！　俺の視界にとんでもない光景が映り込む！

じゅわぁぁ……と何かが融けるような音を立てながら、女性陣の制服が崩壊していく！

「この触手……表面を覆っている粘液が服を融かすようだわ！」

朱乃さんの乳が！　太ももが！　露わになっていくぅぅぅっ！

「……ぬめぬめで気持ち悪いです」

「はうぅ、ぬるぬるでぬめぬめで……。服まで融けちゃいました！」

小猫ちゃんは触手を忌々しそうに手で叩きながら嫌そうな表情！　アーシアのほうは涙目だった！　小猫ちゃんとアーシアの服も問答無用で融けていく！

「……しかも魔力をうまく練れなくさせる効果もあるようだわ……。滅びの魔力がうまく発動できないわ」

オーラが不安定となっている部長！　その部長の制服ももちろん融けていき、豊満なバストをぶるるんとお目見えさせていた！

「こちらも雷撃を作りだせませんわね」

「……引き千切ろうにもこうぬめぬめしていると力が散らされて……」

朱乃さんと小猫ちゃんも力を出せないでいた。あの触手から魔力を練れなくさせるものが出ているのか！　このままだと女性陣は皆全裸に！　……そ、それは素晴らしいことだ！

「イッセー！　見てないであなたも戦いなさい！」

部長がガン見していた俺に叫ぶ！　ですよね！

「は、はい！」

再び力を溜めて、ドラゴンショットを撃とうとしていたときだった。アーシアと小猫ちゃんを捕らえていた触手が二人を解放する。

……改心した？　いや、部長と朱乃さんは捕まったままだ！

「……どうして、アーシアと小猫だけを解放したの？　……あん！」

部長が艶のある声を発した！　見れば新たな触手が部長と朱乃さんのもとに伸びていて

──。その新たな触手は先端に吸盤のようなものがあり、それが部長と朱乃さんの乳にきゅぽんと張りついたからだ！

どくんどくん……。

吸盤のついた触手が脈動して、部長と朱乃さんの乳から何かを吸い取りはじめた！

「こ、これは……！　あふん！　……む、胸だけを執拗に責めてきますわ！　ここから生気を吸い取っているようですわ……あん！」

朱乃さんが吸盤の触手の吸い取り攻撃にやられて、桃色吐息を発していた！

「い、いやらしい動きね……いやん……！」

部長のほうも吸盤の触手の攻撃にまいっているようだった！

なんて、すばらし……いや！　いやらし……いやいや！　なんて、おそろしい攻撃なんだ！　女性の乳に張りついて、そこから生気を吸いだすなんて！

俺だって、部長と朱乃さんの乳に吸いついて生気を吸いたいわ！　おのれ、キメラめぇええええっ！　俺はキメラに嫉妬の炎を激しく燃やしていた！　──と、得心したように木場が叫ぶ。

「そういえば、例の噂だとスタイルの良い、胸の大きい女性ばかりが体調不良を訴えていたって！　このキメラが原因だとするなら、つまりそれって！」

そ、そうか！　そういうことか！　俺も合点がいった！　こいつは、このキメラの正体は——っ！

「巨乳限定狙いのキメラ！　乳から生気を吸っているってことだ！」

——っ！　得心した俺の視界に小さな魔方陣の輝きが映り込む。光が円を描き、そこから立体映像のグレイフィアさんが出現した！　これは通信用の魔方陣だ！

いったい何事⁉　怪訝にうかがう俺と眷属たち！　映像のグレイフィアさんが口を開く。

『お嬢さま、新しい情報が入ってきました』

「こんなときにどうしたというの、グレイフィア！　あぁん！」

『上級悪魔の淑女たる者はいかなるときも卑猥な声を漏らしてはいけません』

淡々としゃべるグレイフィアさんに対して部長は恥辱に耐えながら叫ぶ。

「いいから早くその新しい情報を言いなさい！　ぃやん！」

『はい。あのはぐれ悪魔なのですが、キメラの正体について口を割ったそうです。なんでも胸の大きな女性から生気を吸うキメラを作りだしたようです』

「それはもうわかっているのよ！　いままさに私がそれをされているのだから！　ぁふん！」

グレイフィアさんが振り返り、キメラを確認すると若干驚きつつも会話を続ける。

『このキメラですが、どうやら理解不能な能力を付与されているようでして。話では、吸い取った生気を養分にして実らせた果実を口にすると、どんなに胸の小さな女性でもたちまち豊かなサイズになるそうです。はぐれ悪魔曰く、「貧乳は罪だ。貧乳は残酷だ。だからこそ、世界を巨乳だらけにする！　そうすれば女性の心も豊かになり、男性も夢を持って羽ばたける！」とのことです』

――っ。

俺は……その情報を聞いて、一瞬頭が真っ白になるが、次の瞬間――ぶわっと涙を溢れさせた！

……なんて……なんて！　壮大な夢なんだ……ッ！　はぐれ悪魔の野望を聞いて、心底打ち震えた！　そうか！　そんな夢もアリなのか！　おっぱいのサイズに悩む女性のために作りだした究極のキメラ！　こんなにも素敵な野望実現があったなんて！

俺は心中であのはぐれ悪魔に尊敬の念を抱いて仕方がなかった！　だから、あの悪魔は部長の乳をガン見して、従える虫もおっぱいを狙ったわけだ！　胸にそこまでの執着があったからこその行動理念！　主を裏切ってまでの夢の実現！　ちょっとだけ感服するぜ！

バキバキ……！　俺の後方から何かが激しくきしむ快音が聞こえてくる。振り返れば――木を丸ごと抜いた小猫ちゃんが憤怒に包まれた表情で怒りのオーラを弾けさせていた！

「……貧乳が罰……？　……貧乳は残酷……？　許しません！　ぶっ潰す！」

ぶぅぅぅんっ！　木を振り回してキメラの触手を横なぎにふっ飛ばしていく！　怖い！

はぐれ悪魔の言葉に小猫さまがお怒りだ！

「あぅぅ、ど、どうせ、私は部長や朱乃さんのようなおっぱいはありません！」

アーシアもどこか悔しそうに涙目になっていた！　いやいや、アーシアちゃんはこれからだよ！

「イッセーくん！　部長たちは僕に任せて、本体を攻撃してくれないかな？」

触手を魔剣で切り伏せながら、木場がそう言う。

いやいや、待ってくれ！　待つんだ、イケメン！

俺はキメラの前に立ち、庇うようにして言う！

「こいつを見逃してやってください！　こいつは……全男性の夢を実現する最高のキメラだと思うんです！」

俺の涙ながらの必死な訴えを聞いて、部長が激怒する！

「何を言っているの、イッセー！　もう！　こんなときにエッチなスイッチが入るなんてなんてこと！」

「あらあら、困りましたわね」

苦笑しながら朱乃さんもそう言っていた！

俺はキメラの触手に頭をべしべし叩かれながらも庇いながら言う！

「こいつがいれば貧乳に悩む女性の問題が解決するんです！　そして、はぐれ悪魔の言うようにそのおっぱいを見て男性も立ち上がれる！　少なくとも俺は立ち上がれます！　ええ、何度でも乳で起き上がれる！」

「……いいから、どいてください。そのキメラは私の敵です！」

巨木をこちらに投げ込もうとしている小猫ちゃん！　迫力ある凄み(すご)の利(き)いた表情だった！　怖い！　けど、引けない！

ほら、お乳から吸った生気でキメラの体に果実が実りだした！　あれを食べれば小猫ちゃんだってたちまち巨乳になれるんだぞ！

そうこうしているうちに木場が魔剣で触手を切り払い、部長と朱乃さんを解放する。

解放された部長は嘆息し、自身の胸と朱乃さんの胸に指をさした。

「そのキメラを倒したら、私と朱乃の胸を一晩中、好きにしていいわ」

――っ！　部長の言葉が瞬時に俺の全身に駆け巡っていく！　次の瞬間、俺はキメラに振り返り、指を突きつけて宣言した！

「俺はいまからおまえをぶっ潰す！　覚悟しろ！」

はい！　目の前のおっぱいには敵いません！　届かぬおっぱいより、届くおっぱい！

俺はこのキメラを殲滅しますよ、ええ！

「イッセー！　例の譲渡の力を私に貸してちょうだい！」

部長の叫びに俺は神器の力を高める！

「任せてください！」

『Boost!!』

キメラの触手攻撃と酸性の強い胃液攻撃を全員でかいくぐりながら、俺はブーステッド・ギアの力を引き上げ続けた！　そして――。

「部長！　この力、お渡しします！」

『Transfer!!』

籠手から発生された赤い莫大なオーラが部長に流れ込んでいく！　刹那、部長のオーラが大きく弾け、絶大な魔力の波動をまとわせていた！

「このキメラの能力は確かに一部の女性の悩みを解消できるかもしれない。けれど、そのために生気を吸われるという犠牲も出てしまうわ」

部長の言葉に小猫ちゃんが大きくうなずいていた。

「だからこそ、消えてもらうわ！」

部長が手元を前に向けて——極大な滅びの魔力をキメラに放った！

ギャオワァァァァッァァァァッァ……。

キメラは断末魔を上げながら、滅びの魔力によって、消滅していった——。

すべてが片付き、全員が撤退し始めようとしたときに俺は部長と朱乃さんに言った！

「部長！　朱乃さん！　約束通り、お乳を一晩貸してください！」

わしゃわしゃと卑猥な指使いでお二人のおっぱいを見比べる俺！　どちらにしようか、こっちの胸が甘いのか、そっちの胸のほうが甘いのか？

ぺちん。俺の頭を軽く叩く部長。部長はペロリとかわいく舌を出すと言った。

「ダーメ。おいたしたから、おあずけよ」

——っ！　そ、そんなバカな！

ショックを受ける俺に小猫ちゃんが追い打ちする！

「……あのキメラを庇うなんて、やっぱりイッセー先輩は特大のスケベです。最低ですね」

ひょいっと小猫ちゃんに持ち上げられて、とすんと落とされたのは――。

地面にポッカリ空いた穴だった！

小猫ちゃんが素早く土を埋めていくと――俺は地面から首だけ出す格好になってしまう！　何これ⁉　どういうこと⁉

屈んだ部長が手で俺のほおをさすりながら苦笑する。

「そこで一晩反省よ」

それだけ告げると皆と共にこの場を去っていこうとする！

「ゴメンなさい、イッセーさん。部長さんがイッセーさんにはちょっとだけ反省が必要だとおっしゃいましたから……」

「……いいから帰りましょう、アーシア先輩」

「ハハハ、ゴメンねイッセーくん。先に帰るよ」

「うふふ、おっぱいは今度の機会に触らせてあげますわ、イッセーくん」

心配げなアーシアも無表情な小猫ちゃんも苦笑した木場も微笑んだ朱乃さんもそれだけ言い残して帰っていってしまう！

「うわーん！　待ってくれよ、皆！　ゴメンなさい、部長！　もうしませーん！」

帰っていく皆に俺は涙ながらの反省を叫んだのだった！

Extra Life.　プレリュード・オブ・エクスカリバー

――ヨーロッパ某国

私――紫藤イリナとゼノヴィアにその夜にくだった教会本部からの命令は、『はぐれ悪魔の討伐』だった。

数年前に教会（プロテスタント側）の戦士として、拝命された私は神の御名のもとに悪霊、吸血鬼、悪魔などを祓い続けてきた。

教会の戦士が集う本拠地――ヴァチカンに久しぶりに招集をかけられたのはつい先日のことだ。そこでカトリックに属する女性戦士ゼノヴィアと再会した。

「や、イリナ。また組むことになったね」

「ええ、もう腐れ縁ね」

ゼノヴィアとは数年前に宗派は違えど同じ志を抱く戦士として、知り合った。彼女の噂は知り合う前から知っていた。

——『破壊魔』『神の許した暴挙』『斬り姫』。

彼女の二つ名は多く、そのどれもがゼノヴィアの戦闘スタイルを物語っていた。出会う前までは、勝手にワイルドな風貌の女性を想像していたが、実際会ってみるとかわいい女の子だったので拍子抜けした覚えがある。

確かに彼女の戦闘方法は強引な面が目立ち、悪く言うならどのような戦況でも力押しになりがちだ。そこをセーブするよう相方に私を据えられたのであろう。しかし、彼女は扱いづらいわけではなく——。

「イヒナ、こにょケーヒはおいひいひょ」

オフ時にお皿いっぱいのケーキを口いっぱいに頬張っている彼女の姿を見ていたら、同年代の同じ女の子なんだと強く実感できた。ちょっと強引なだけで、私が注意をすればきちんと聞いてくれる。……たまに無視されるけど。

私たちは交流を深め、同じエクスカリバー使いとして神のために戦うことをお互いに誓ったのだ。

「エクスカリバーが二本もあれば今回の相手も簡単に倒せるだろう」

ゼノヴィアは淡々とそう述べていた。

今回くだった緊急命令の『はぐれ悪魔討伐』でもコンビを組むことになり、私たちは某国の港を訪れていた。

私たちに命令がくだったのも、「ついで」だ。実は、事前に他の任務でこの国に入っており、仕事をこなしたあとで新たな任を与えられた。つまり、『はぐれ悪魔』が出現した場所のちょうど近くに私たちがいたため、「ついで」に退治してこいと命をいただいたということになる。

上からの指示のため、文句も言えない立場だけど、早くシャワーを浴びたかったので、ちょっとだけため息が出てしまった。

「……早くシャワーが浴びたかったな。まったく、司祭さまたちは人使いが荒いね」

私が口に出さなかったことをゼノヴィアは平然と吐いてしまう。そこは少しだけうらやましいと思えてしまった。

件(くだん)の港に着いた私たちは、足を踏み入れた途端に特有の気を感じ取って、自身の気配を殺す。魔力――悪魔の扱う力の波動を身に感じる。

悪魔の持つ魔力はこちらの第六感にピリピリと触ってくるような感覚を与えてくることが多い。目に見えない恐怖感が体を包み込むと言えばいいのだろうか、とにかく、不穏な空気が不安感を抱かせるのだ。

特に邪(よこしま)な感情を持つ悪魔の魔力は、とりわけ体中が妙にざわわざわするものである。

港にある工場の陰に身を潜めながら、魔力のオーラが一番濃い場所に私たちは慎重に足を進めた。

「……上級ではないな」

ゼノヴィアがぼそりとつぶやく。

それは私も感じていた。上級悪魔の魔力ではない。悪魔のなかでも上級クラスは、大変厄介で危険な存在だ。何より、魔力の波動が異様な力強さを誇り、生半可な戦士では太刀打ちができない。

このような港の工場に潜む悪魔は著名な家柄の上級悪魔ではないだろうが、人間から転生した者が上級に上り詰めてここに隠れる可能性もないわけじゃない。悪魔としての生き方にプライドを持つ元七十二柱の上級悪魔に比べて、人間からの転生上級悪魔は人間界のものを扱うのにためらいがないのだ。

まあ、今回の魔力の質を探ってみても元七十二柱、転生者、そのどちらの上級クラスの力強さはないので、中級か下級と言ったところだろう。正直、上級が相手となると、教会の戦士を複数集めて対応しなければならなくなる。私たちにとって、上級悪魔とはそれぐらい危険な存在なのだ。

だが、油断はできない。彼らは『悪魔の駒(イーヴィル・ピース)』によって、特性を得ているため、人間時よりも遥かに逸脱した異形になっているのだから。これに神器まで所有していると話は格段に難易度を引き上げる。

入り口から瘴気を漏らす工場を前方に捉えた。私たちは物陰に隠れて、暗視スコープで一通り周囲の様子を探ったあと、その場で最終確認をし始める。

ふたつみっつ突入の確認を話し込んだところでふいにゼノヴィアが言った。

「今回の悪魔はどんなのだ？　辺りに漂う魔力の質から下級か中級クラスだとは思うが」

「正体は不明らしいけれど、なんでも夜な夜な町の女性をここに招いて、何かの儀式に参加させているんですって」

「……悪魔崇拝、サバトというわけではないんだな」

「ええ、おそらく」

そうだとしたら、それに対応した教会の機関が動くはずだ。少なくとも現時点でサバトなどではないとされている。おそらく、町の女性に暗示をかけて、ここに誘導しているのだろう。

ゼノヴィアがもうひとつ確認をしてくる。

「話では、もう一体いるそうだが、そちらはいいのか？」

そう、ゼノヴィアが言うように、『はぐれ悪魔』の反応はこの周辺にふたつあるそうだ。

私たちはそのひとつである港側を任せられていた。

「そっちはデュリオ・ジェズアルドさんが担当するそうよ」

私がそう告げると、彼女は感心するようにうなずいたあと胸で十字を切った。

「教会最強の戦士が相手か。不運な悪魔だ」

もう一か所に向かったのは、私たち同様にこの地を偶然訪れていたという教会最強の戦士——デュリオ・ジェズアルド。私とゼノヴィアはまだ正式な面識がないが、性格はともかくとして、腕は一級品であり、ヴァチカンの歴史を振り返っても破格の戦士だと称されていた。

何せ、一人で上級悪魔討伐を任命されるほどだ。どんなに歴戦の猛者(もさ)、屈強な戦士だろうと、上級悪魔が相手であるなら、チームかコンビを組まされて送り込まれるというのに彼は単独でそれをこなす。

……唯一、戦士の身の上でありながら、天使さま方との面会を許されている(噂ではセラフさま直々の命令を受けていると囁(ささや)かれていた)とも言われ、いろいろな意味で私たちと住む世界の違う者だった。

——と、その話はいま置いておくとして、いまは『はぐれ悪魔討伐』よ。私は頭を切り換えて、ゼノヴィアに告げた。

「いつも通り、私が工場に結界を張りつつ、裏口に回るから、少ししたらゼノヴィアが真っ正面から突入してきて」

シンプルだが、私たちにとって戦いやすい作戦だ。私が逃げ口を塞ぎ、ゼノヴィアが正面から突入。あとは私も駆けつけて一網打尽にする。私たちはこれで何度も任務を完遂してきたのだ。

――さあ、お仕事の時間よ！

気合いを入れて、臨もうとしたときだ。

「――なーに、こちらから来てやったぞ」

――ッ⁉　第三者の不穏な声音が私たちの上空から聞こえてきた。

私たちが見上げると――そこには奇っ怪な姿をした巨大な生物が宙を飛んでいた。大きな蝶(ちょう)……いえ、蛾(が)を思わせる羽根付きの魔物。ただし、頭部はドラゴンそっくりだ。

……合成獣、キメラということね。おそらく、蛾の魔物とドラゴンの混合。初めて見るタイプだわ。神やそれに近しい存在が作り出した古代キメラ属とは、感じが違う。

その巨体を有するキメラの背中に、人影がひとつ。見ればそこには医者や研究者のような白衣を着た若い男がいた。……見るからに人間から転生した悪魔ね。

私たちが見たこともないキメラを使うということは、彼は魔物関連の錬金術師である可能性が高い。

私とゼノヴィアはその場で上着の白ローブを脱ぎ捨て、各々(おのおの)の得物を手に取り出す。私は左腕に巻かれていた糸状のものを解いて、日本刀に変化させる。

――擬態の聖剣(エクスカリバー・ミミック)だ。持ち主の意思によって、いかような姿にも形を変えることができる。

私は戦士として一定の基準を超えたあとに天からの祝福と共に聖剣エクスカリバーを扱える儀式を受けた。『因子』と呼ばれるものを体に授かったのだ。

それによって、聖剣エクスカリバーの一本であるこの剣を扱うことができる。選ばれた聖剣使いのなかでさらに『因子』に適合した者のみが、聖剣エクスカリバーの恩恵に与(あずか)れた。

この聖剣を授かったとき、私は心底うれしくて、光栄だった。父のように教会の聖剣使いとして、神の剣になれたのだから。

「おとなしく我が剣の断罪を受けろ」

そう低い声音を吐きながら、布を取り払ってゼノヴィアは自らの聖剣を構える。

彼女の聖剣は、破壊を司(つかさど)る『破壊の聖剣(エクスカリバー・デストラクション)』だ。そして、彼女は私のような人工的な使い手ではなく、天然のエクスカリバー適合者。エクスカリバーだけじゃなく、各種様々な聖剣を扱えるスペシャリスト。天に選ばれた聖者と言える。

私たちが聖剣を持っていることがわかり、キメラの背に乗る男の顔色が変わった。薄く嫌味な笑みを消して、一転して畏怖する表情となる。聖剣は悪魔にとって、必殺の代物だ。見るだけで、オーラを感じ取るだけで、己の死を連想してしまうだろう。

「そ、それは聖剣か！　くっ……教会の犬め！　我が崇高な研究の邪魔をしくさって……っ！」

男は怨嗟の言葉を漏らしたあとにキメラに指示を送った。ドラゴンと蛾の混合キメラはひときわ耳障りな鳴き声を発したあとで、空を物凄い高速で動き回り始めた。

……思ったよりも速いわね。手が出しにくいわ。

私とゼノヴィアは目と気配でキメラの動きを追い、タイミングがあったところで攻撃を繰り出そうとしたが――。

「くらえっ！」

キメラの背から男が炎の魔力を解き放ってくる！　さらにキメラ自身の高速からの体当たりの追撃までがされた！

「なんのっ！」

私とゼノヴィアはそれらを躱して体勢を立て直す。

「ふははっ！　まだまだな！　このキメラの動きについてこれないとは！」

そう叫ぶ転生悪魔。いえ、対応できる相手ではあるのだけれど、経験上、異端の錬金術師が扱う術は厄介なものが多い。このキメラは何を持っているのか、油断はできない。

彼の視線がふいに私たちの体に向けられる。なめるように私とゼノヴィアの体を見たあとに激怒した。

「な、なんだ……その……胸についたいやしい脂肪の塊は……ッッ！」

私とゼノヴィアの胸に指を突きつけて、荒ぶる男。

……え？　えええええ？　わ、私とゼノヴィアの、む、胸……？　脂肪の塊ってことはそういうことよね？　白ローブの下に着込んでいたこの戦闘服は、防御面に優れた素材で作られてありながら体に密着するタイプであり、ラインがハッキリと出てしまう。最初にこれを着たときは恥ずかしかったが、戦闘時に動き回りやすくてすぐに慣れて受け入れたのだが……。

男は私とゼノヴィアの胸が気に入らないらしい。どういうこと？

男は激高してキメラに命じる。

「我が愛しき子よ！　あれを放て！　こやつらの邪悪なものを取り払ってしまうのだ！」

男の命が飛び、キメラは上空にて、謎の羽ばたきをし始めた。途端に空からキラキラと煌めく粉らしきものが降ってくる。

――毒？

私とゼノヴィアはすぐに何かを察知して、手で口と鼻を覆った。これは、キメラの羽から放たれる鱗粉だろう。吸えば体に何が起きるかわからない。

剣を振った勢いで風を巻き起こし、鱗粉を散らそうと試みたいところだが、この鱗粉が風に乗って町にまで行ってしまったら……被害が出てしまうだろう。無闇な攻撃は無害なヒトたちにも影響を与えてしまいかねない。

けれど、弱点も知れた。この鱗粉をまいている間、あのキメラは動きの速度を鈍らせる。もう一度、鱗粉を力強くまき始めたときが勝負どころだ。一気にジャンプして、一刀両断にしよう。視線を送るとゼノヴィアも同意見だったらしく、言葉は出さずともうなずいてくれた。

男が哄笑をあげる。

「ふははははっ！　その鱗粉は、吸うと女の乳房を縮ませる効能を持つ！　いいか、よく聞けッ！　巨乳は巨悪であり、巨大な邪魔ものだッ！　小さい乳房こそがこの世界に革命と変革を促すっ！　デカい乳などがあるから、女性の間に格差と悲しみが生まれ、男性が余分な性欲に駆られるのだッ！　巨乳は敵！　小さく無駄なく脂肪の少ないおっぱいこそが世界が求める理想のものなのだ……ッ！」

………。な、なんとコメントしたらいいかわからないわ。

彼は長々と熱々とそのようなことを叫んでいた。……つ、つまり、女性を夜な夜なここに引き寄せていたのも、その……お、おっぱいの大きさをどうにかするためなの？

……こ、これは、卑猥(ひわい)というか、哀れというか……。う、うーん……。私は心底反応に困ってしまった。こういう手合いは初めてなのだ。

ふと、幼い頃、日本にいた幼なじみの男の子を思い出してしまう。あの子も女性の胸が大好きだったな。元気にしているだろうか？

——と、そんなことを思い出しているヒマなどない。

男が拳を振り上げて力説を続ける。

「私の研究の怨敵であった男が、同じく転生悪魔になったのだ！　奴(やつ)は悪魔の妙技にて、邪悪な研究を昇華させようとしていた！　世界中の女性の乳を膨らませるなど、言語道断！　ならば私は奴のすべてを否定する存在を生み出さなければならない！　それを可能にするのがこのキメラなのだ……っ！　おまえら教会の犬にかまっているヒマなどない！　ここで死ねいっ！」

男が手元に魔力をともらせて、キメラにも指示を出そうとしていたときだった。

——この港に雪が降り始めた。

そういえば、先ほどから徐々に気温が下がっているように思えていた。けれど、雪が降るなんてことは……あり得ない。いまはそのような季節じゃない！

雪を確認すると、気温はどんどん下がっていって、吐く息も白くなってきていた。

……何が起きているのだろうか？　この一帯にだけ異常気象が起こっている？

——っ。ふいに私の脳裏にデュリオ・ジェズアルドのことが思い出される。そういえば、聞いたことがあった。デュリオ・ジェズアルドは天を制する戦士だと。

それが真実であるならば、この異常な現象も彼が作り出したというのだろうか？　だとしたら、彼の実力は私たちを遥かに超えたものとなる。天候を操れるとしたら、それは超常の存在に等しい。

キメラの動きが少しだけ悪くなり始めていた。急激に寒くなったことで、体が動かしづらくなってきているのだろう。暑さや寒さに強いドラゴンのキメラのようだが、寒さに弱い虫の部分が強いようだ。

男が何かに気づいたようにあらぬ方向に視線を向けて驚いていた。

「く……っ！　あちらに放っていた我が子の反応が消えただと……っ⁉」

そちらの方向は……たぶん、デュリオ・ジェズアルドが向かった先だ。男の口ぶりだと、そちらはすでに片付いたようだった。

では、こちらもさっそく終わらせましょうか！

「捕らえるわ、ゼノヴィア！」

私は相方にそう叫んだあと、聖剣をぐにゃりと変化させて、ムチ状にしたあとにキメラに放った。ムチ状の聖剣はキメラの体を男ごとぐるぐるに縛り、その動きを封じる。

そこにゼノヴィアがジャンプして、剣を振り上げた。

「――終わりだ。神の名のもと、断罪しよう！」

ゼノヴィアが放った一刀がキメラを見事に両断した――。

「……くっ。無念だ」

私たちが捕らえた転生悪魔の男はそう漏らしながら、駆けつけた教会の戦士たちに連行されていく。命までは取らなかった。町で起きていた状況を男に話してもらうまでは、悪魔祓(ばら)いをするわけにもいかない。

キメラの死骸も教会のエージェントに引き取られていった。港に残ったのは、私たちだけだ。

ふいに気になって自身の胸を確認するが……どうやら鱗粉の影響は出ていないようだ。咄嗟に反応したので、縮む量だけ吸い込んではいなかったみたいだ。でも、気になるから、本部に戻ったら精密検査を受けようと思う。

やはり、ここまで成長してくれたのだから、縮んでしまったらショックだよ。

「任務完了、か」

ゼノヴィアがそうつぶやく。すでに夜は明けていて、雪も止んでいた。

「ふふっ」

私はつい笑いをこぼしてしまった。

「どうした？」

怪訝そうにゼノヴィアが訊いてくる。

「ううん、なんでもないの」

私は先ほど思い出してしまった日本の幼なじみのことを思い返して、笑いが漏れてしまった。こんな大事な任務だというのに、なぜか彼を思い出すと笑みがこぼれてしまう。

だって、彼はいまの転生悪魔とは逆におっきなおっぱいのことばかり話していたんですもの。小さい頃って、無邪気でかわいいわよね。

きっと、今頃は元気で立派な男子になっているだろう。さすがにいまの悪魔みたいに卑猥なことはしないと思うの。私の日本での大事な友達だもん。

私は相棒の彼女に笑顔で告げた。

「さ、ホテルに帰りましょう、ゼノヴィア。私、シャワー浴びたいわ」

「ああ、そうだな、イリナ」

またいつか会おうね、兵藤一誠(ひょうどういっせい)くん。できれば、格好良くなっていて欲しいかも!

Life.4　アクマのおしごと体験コース

とある日の放課後――。

帰りのホームルームが終わり、教室に残った生徒が数人ほどになっていた。

俺と松田、元浜はひとつの卓を囲んでスケベ顔をしていた。

「見たまえ、諸君！」

バッグを開く元浜！　そ、そこには――。

「す、すっげぇぇぇっ！　こ、これ、あまりに過激な内容からすぐに発売禁止になった『花弁ライダーピンキーVS特乳戦隊にゅうバスターズ』じゃねぇか！　マジかよ、入手できたのかよ！」

興奮した様子で松田がそのエロDVDをマジマジと見つめていた。俺もびっくりだった！　まさか、市場にほとんど出回らず、ファンの間ではプレ値で取り引きされているという逸品！　俺もぜひとも見たかった作品だ！

「ふふふ、ま、俺にかかればどんなレアものでも入手できるのだよ」

得意げな表情を浮かべる元浜！　これは得意げになっていい！　誇っていい！

「さっすが元浜先生だぜ！　鑑賞会でも開くしかないよな！」

「おう！　その通りだぜ、イッセー！　今度の休日にでも皆で見ようぜ！」

松田の提案に乗った！　よし！　これで休日の楽しみもできた！

「見てよ、片瀬。やーねぇ、またエロ三人組がいやらしい話題で盛り上がってるわ」

「早く部活にいこうよ、村山。あいつらと同じ空気を吸ってると汚れるわ」

剣道部女子二人がそんなことを言っているが……無視無視。ただの女子にはこのDVDの価値がわからんのだ。

「へへへ、休日が楽しみだなぁ」

俺はパッケージを手に取って、ふと振り返る。部長と同居するようになってから、この手のエロエロから遠ざかりつつあった。

何せ、「下僕とのスキンシップ」と称して、部長が俺の部屋にたびたび遊びに来るものだから、エロDVDを見る暇がない！

ただでさえ、アーシアと同居するようになって、そういうのに気を遣うようになったというのに、一緒に暮らす女の子が増えてしまい、楽しむ暇が減少の一途となってしまっている。

アーシアや部長にエロＤＶＤを見ている姿なんて見せられるわけないだろうっ！

憧れの女性との生活はそれはそれで大変素晴らしく華やかなものなのだが……。やはり、それはそれ、これはこれなんだよなぁ……。

健全な男子高校生としてエロＤＶＤは嗜み、楽しみたい！

ため息をつく俺を――松田と元浜が半眼でじとーっと見つめてくる。

「……兵藤氏、まさか、いま脳内でリアス先輩のことを考えていたのでは？」

「……アーシアちゃんのことも思い浮かべていただろう？」

相変わらず鋭い！　こいつらの嫉妬オーラは幻視できそうなぐらいに高まっているように思えてならないよ！

「ま、まあ、落ち着けよ、おまえら。俺だってな、紳士の円盤を見る時間が取れなくて辛いこともあるんだ――」

そこまで言いかけて、俺は背後の気配に気づいた。

振り返ると――そこにはアーシアの姿が！　アーシアは何やら難しい表情を浮かべている。……も、もしや、こいつらとのやり取りを聞かれていた……？

しかし、口を開いたアーシアの言葉はまったく違うものだった。

「……あの、イッセーさん。ご相談があるのですが……」

「悪魔としての生き方？」

俺の問い返しにアーシアはうなずく。

アーシアから相談を持ちかけられた俺。教室から離れて、俺とアーシアは旧校舎の裏手に移動していた。そこで俺はアーシアから「悪魔の生き方」について相談を受けていたんだ。

真剣な表情でアーシアは続ける。

「はい、最近、私はちゃんと悪魔としてきちんと生活を送れているのか不安なんです」

と、そんなことを言われてもな……。

俺も「悪魔の生活」ってのがちゃんとわかっていると言えないし……。

何より、悪魔って本来冥界にいるものなんだろう？　冥界での生活なんて見たことも聞いたこともないんだぞ……。

俺は頬をポリポリとかきながら言う。

「あー、ていうか、俺たち、人間界で転生した人間界産の悪魔だからさ。本場の冥界生まれの部長にでも詳しく聞かないと『本当の悪魔の生き方』ってのはわからないんじゃないかな？」

「そうですね。そうなのかもしれません」

うんうんうなずくアーシアだけど、部長に訊いたところで、

「私たちは人間界で活動している悪魔だもの。そこでの暮らしに準じていれば問題ないわ」

って、返されそうだ。

「それならせめて、悪魔としてのお仕事だけでも悪魔らしく振る舞えれば、と思うのですが……。私はそれもきちんとできていないのではないかと思えてならないんです」

悪魔の仕事を悪魔らしく、か。俺は……言われた通りにそれとなく仕事をこなしているけど……。確かにお仕事中に悪魔らしく振る舞えているのかっていうと疑問もある。

「うーん、それなら直接見て聞いてみたほうが早いか」

「……どういうことですか？」

訝しげに首をかしげるアーシアに俺は笑顔で言った。

「なーに、俺たちの仲間は悪魔じゃないか」

「見学……ですか？」

朱乃さんは俺たちにお茶を出してくれながら、そうつぶやく。

俺とアーシアは部室で皆の到着を待って、集合したところでそれとなく尋ねてみたんだ。

——皆の仕事ぶりを見学させてもらえないか、と。

「はい、朱乃さん。俺とアーシア……特にアーシアは悪魔として仕事できているか、とても気になって仕方がないようでして」

俺の隣でアーシアがこくりとうなずいていた。

木場がティーカップに口をつけたあとに言う。

「けれど、アーシアさんの仕事のアンケートはかなり好評だったはずだよ」

「……イッセー先輩よりも好評ですし、指名率も高いです」

小猫ちゃんの言う通りだ。

アーシアは悪魔としてはあり得ないであろう清純で天然な美少女悪魔として、お客さんから高い支持率を得ている。リピーターも多い。

一人で仕事ができるか、最初は心配したけど、いまではきちんとこなしていて、俺も安心だ。お客さんもアーシアに変なことを強要しないタイプの人たちばかりだというし、アーシアも仕事を楽しみながら召喚に応じていた。

しかし、そんなアーシアでも、いまの仕事ぶりに疑問を感じている。

——悪魔として振る舞えているのか？

仕事を完遂するたびにその思いが強まったのだろう。真面目で純粋なアーシアらしい悩みだと思う。

まあ、元シスターで現在悪魔って経緯が特殊だよな。

卓で書類に目を落としていた部長が口を開く。

「イッセーとアーシアの疑問も理解できるわ。二人とも転生して日が浅いものね。それなら、仕事のスケジュールをうまく調整して、朱乃たちの仕事を見学できるようになさい」

「い、いいんですか？」

俺の問いに部長は笑顔でうなずく。

「ええ、何事も勉強だわ。朱乃たちの仕事ぶりから学べるものもあるでしょう。ただし、仲間の仕事ぶりを邪魔してはダメよ？　先方にも迷惑をかけないこと。いいわね？」

部長の言葉に朱乃さんも小猫ちゃんも木場も笑みを浮かべていた！　全員からのＯＫをもらえたってことだ！

俺とアーシアは顔を見合わせたあと、同時に「はい！」と応じたのだった。

—○●○—


「おやー？　これは兵藤氏ではないか。今日は小猫ちゃんと一緒なのかい？」

小猫ちゃんの常連客——森沢さんが、小猫ちゃんと共に魔方陣から現れた俺を見て、そう言った。

「ええ、今日は小猫ちゃんの仕事ぶりを見学しようかなーって思いまして。小猫ちゃんと森沢さんのお邪魔はしないので部屋の隅っこにでも居させてください」

「ま、兵藤氏にはたまに世話になっているし、かまわないよ。そちらのアーシアさんも僕の召喚に応じて来てくれたのかな？」

「い、いえ、私もイッセーさんと同じで小猫ちゃんのお仕事を見させていただくつもりなんです」

そういや、森沢さんってアーシアとも交流あったっけ。アーシアは仕事を始めた当初、小猫ちゃんをサポートに付けて共にやっていた頃があったからね。そのときに呼び出されたとか言っていたかな。

森沢さんは小猫ちゃんを呼び出すたびにコスプレ撮影会などをしているそうだが、今日もそんな感じ……？

とりあえず、小猫ちゃんの仕事ぶりを拝見しようと思っていると、森沢さんが収納ケースから何かを取り出した。

「小猫ちゃん！　この間発売されたばかりのこれでひと勝負してくれないかい！」

森沢さんがババンと前に突き出してきたのは——ゲームソフト！

あ、これ、俺も知ってる！『超路上格闘家4』だ！　確か、格闘ゲームで、一見さんお断りの操作高難度な激ムズゲーム！　しかし、その筋の人にとっては大会が開かれるぐらいにたまらない作品だって、松田か、元浜が言っていた気がする！

「僕はこれでもゲーセンでかなりプレイしていてね。ホームとなっている場所では、『ダイヤグラム崩しのモリー』として認知されていたりする……。ふふふ、小猫ちゃん！　勝負だよ！」

「……望むところです」

てなわけでゲーム機起動させてプレイ開始。

森沢さんは本格的なアーケードスティックのコントローラー。小猫ちゃんは……通常のパッドだけど……。

数分後——。

「……私の勝ちです」

勝っていたのは小猫ちゃんだった！　格闘ゲームはそんな得意じゃないが、素人目で見ても小猫ちゃんの操作するキャラはすごい動きをしていた！　百コンボなんてそうそう見られるものじゃないって！

普段ゲームなんて触れたこともないアーシアに至っては二人が何をしているのかさえ、「？？？」と疑問符を浮かべている状態だったが、それでも一生懸命小猫ちゃんの仕事ぶりを見学しようと様子を見守っていた。

その後も何度もプレイする両者だったが、森沢さんは小猫ちゃんに一勝もできなかった。

「そんなバカな！　ぼ、僕の持ちキャラ全部完封されるなんて！」

頭を抱えてショックを受ける森沢さん。

「……思考と反射の融合が足りないです」

……小猫ちゃんって、ゲームがこんなに得意だったなんて……。意外な側面が見られました。

小猫ちゃんの仕事ぶりを見学させてもらったあと、俺とアーシアが見学したのは木場の仕事ぶりだった。

「あら、木場くん。来てくれたのね、ありがとう」

木場と共に魔方陣で飛んだ先に待っていたのは、年上のお姉さんだった！

ＯＬ風のスーツな格好でかなりの美人さん！　けど、どこかくたびれた様子が全身から見て取れる。顔も疲労困憊の色が現れていた。けど、艶っぽい雰囲気も感じられるよ！

木場は相手を確認すると、ニッコリと微笑んで応対する。

「これは美加さん、お久しぶりですね。お仕事は順調ですか？」

「ええ、おかげさまで。悪いんだけれど、いつものをお願いできるかしら……？」

そう言うなり、上着を脱いでいくお姉さん！　こ、これってもしかして……？　いつものって何なんですか!?　エロエロな空気が漂うのかと期待したのだが――。

「お夜食を作ってもらえないかしら？　材料は帰りに買ってきたから……」

お姉さんはテーブルの上に置かれた買い物袋を指さして、部屋に倒れ込んでしまった！

「だ、大丈夫ですか！」

アーシアはお姉さんに駆け寄り、回復の神器をかける！

「心配しなくても大丈夫だよ、アーシアさん。美加さんはいま大事なプロジェクトに参加している最中だから、限界まで仕事をしてきて体力が尽きているんだと思う。少しの間寝かせてあげて」

そう言いながら木場はキッチン横の壁にかけられていたお姉さんのエプロンを拝借して、台所に向かった。お姉さんが買ってきたという買い物袋から食材を取り出すと、慣れた手つきで調理を開始する！

「美加さんは、大きなプロジェクトに入ると、生活や食事がままならなくなってね。こうやって、僕を呼んで夜食をお願いしてくれるんだ」

木場はそう説明をしながら、包丁を器用に使い、シェフのような手さばきで鍋やフライパンを振るう。その姿はまるで若き雇われイケメンシェフ！

「お、おまえ、料理もできるんだな……」

「まあね。この手の依頼が結構多いんだ。部長や朱乃さんに習いながら自己流で調理しているうちにいろいろと覚えてしまったよ」

「……料理もできるイケメンなんて無敵じゃないか」

俺がそうぼそりとつぶやくと「何か言ったかい？」とイケメンが笑顔で振り返ってきた。

クソ！　キッチンに立つイケメンの絵がキマってやがる！　鼻歌なんぞしながら楽しげにクッキングしやがって！　……でも、漂ってくる料理の匂いはいい香りだな。

少しして、できあがった木場の夜食！

疲れた体にやさしそうなタマゴのスープと、梅と和風出汁の香りがかぐわしいうどん！　天かす、ごま、刻みのりがうどんの上に載っかっていてうまそうだ……っ！

ずっと気になっていた木場の仕事風景！　美女に呼ばれることが多いと聞いていたから、嫉妬も抱いたし、内容も知りたかったわけだけど、こういう仕事をしていたんだな……。

俺はてっきりちょっぴりエッチな依頼でもあったりなかったりって想像していたんだが……。真面目な木場らしい内容だったよ。

「美加さん、お夜食できましたよ」

お姉さんをやさしく起こす木場。お姉さんも目を覚まして、テーブルの前に這い寄る。

「あ、ありがとう、木場くん！　いただきまーす！　うーん、やっぱり、おいしい！　疲れた体にしみるぅ！」

おいしそうに夜食を口にするお姉さん。それを見ていて、ついつい腹が鳴ってしまった。

うーむ、胃によろしくない見学だぜ！　などと思っていたら、木場が夜食を俺たちにも出してくれる。

「これ、イッセーくんとアーシアさんの分だよ。今回の依頼の対価は二人の夜食分の食材でいいかなって思ったからさ」

ウインクしてそう決めてくれる木場！　くっ！　なんてイケメン力を発揮する野郎だろ

うか！　仕事ぶりも対価の内容も隙がないと思えてしまった！

「うっ！　い、いただきまーすっ！」

イケメンの仕事ぶりに敗北感を覚えながらも俺とアーシアは夜食をいただいたのだった。

……木場の手料理はうまかったよ！　悔しい！


気になっていた木場の仕事も見学させてもらった俺とアーシア。

最後は――我らが『女王（クィーン）』であり、副部長でもある朱乃さんの仕事ぶりだ。

俺とアーシアが朱乃さんに付いていって到着したのは――どこかの企業の社長室だった。

社長用のデスク、応対用のテーブルとソファ。外の眺めを一望できる全面ガラス張りの壁から街の夜景を目にしている――威厳のありそうな中年男性！

しゃ、社長さんだろうか……。

やっぱり、朱乃さんクラスとなると、トップ企業の社長が召喚してくるんだな……。

「あらあら、社長。今日はどういったご用なのでしょうか？」

「うむ、朱乃くん。いつもすまないね。――今回も世話になろうと思っているのだよ」

真剣な表情でそう口にする社長。

PiYo PiYo

こ、今回の世話……？　も、もしかして、ライバル企業の重役を暗殺してこいとかって
そういう物騒で大きな依頼だったりして……？
「ふふふ、そういうことですのね。お安いものですわよ」
薄く微笑む朱乃さん！　どこか怖く、Sな表情だった！　何か闇の取り引きが成立した
ように思えるよ！
「アーシア！　俺たち、ついに本当の悪魔の仕事が見られるかも！」
「は、はい！　イッセーさん、怖いですけど、こ、これもこれからの生活のため、ぜひと
も参考にできればと思います！」
俺とアーシアが生唾を飲み込んで両者のやり取りを見守っていたのだが――。
「ああああああっ！　イイッ！　イイよっ！　そ、そこ、そこイイィィィッ！」
社長室で突如始まったのは――裸足(はだし)になった社長さんに足つぼマッサージをする朱乃さ
んという展開だった！
「あらあら。ずいぶんお疲れのご様子ですわね、社長さん。うふふ、今夜は存分にかわい
がってあげますわ！」
ぎゅっぎゅと朱乃さんが指で足裏のつぼを刺激する！　なぜか巫女(みこ)さんの衣装で！
朱乃さんにちょっと強めに指圧される社長だが、その表情は恍惚(こうこつ)としたものだった！

「かぁぁぁあっ！　なんて絶妙な指使いなんだろうかぁぁあっ！　これだよこれ！　こういうマッサージでいいんだよ！　痛い！　けど、気持ちいいぃぃいっ！　でも痛い！」

社長さんは朱乃さんの指使いにフィーバーしていた！

「うふふ、この社長さんは仕事でのストレスが最大にまで溜まると私を呼んで、足つぼマッサージをお願いしますのよ。こうやって、私にマッサージされることで普段の鬱憤を発散しているのですわ」

朱乃さんがさらに指圧を強めながらそう説明をくれた！　社長の表情を見てSな表情を見せてくれる朱乃さん！

うわぁぁぁあっ！　なんてことだよ！　朱乃さん、楽しんでるじゃんかぁぁあっ！

「あぁぁぁぁあああっ！　女王さまぁぁぁぁぁっ！　もっともっと押してくださぁぁぁぁいっ！　うひょぉぉぉおおおっ！」

「うふふ、いくらでも押してあげますわ！　このダメ社長！　社員がこんな姿を見たら、どう思うのかしら⁉」

「言葉責めももっとくださぁぁぁいっ！」

朱乃さんもノリノリだし、社長も最高に足つぼマッサージを楽しんでるな！

……俺も足つぼマッサージの仕方を覚えたほうがいいのかな。

なんてことを思ってしまう見学風景だった。

「……なんだか、悪魔のお仕事って不思議なようで普通なような……？」

アーシアはちょっとだけ困り顔でそう述べる。

三人の仕事風景を見た俺たちは部室で朱乃さんたちの仕事ぶりを思い返していたんだ。

小猫ちゃんは森沢さんとゲームしてて、木場は疲れたＯＬさんに夜食を振る舞っていた。

朱乃さんに至ってはどこぞの社長さんに足つぼマッサージ。

これが悪魔の仕事……？　ま、俺たちの仕事とあんま変わらないな。

「俺たちとそんなに内容は変わらなかったな。ゲームの相手に夜食作り、んでマッサージだもんな」

「そうですね。私も依頼してくださった方とトランプとかしたことありますし……」

さらに悩む俺たち。もっとこう薄暗い部屋で邪悪な取り引きをしてもいい気がするけど、結局、いままで通りの仕事が現代の悪魔のスタイルなのかね？

いや、アーシアはまだ悩みが解消していないようだし、もう少し調べてみようじゃないか。

「アーシア、もう少し悪魔の生き方ってのを調べてみようか。ほら、皆の普段の生活、休日の過ごし方なんてのを見せてもらおうぜ！」

「は、はい！」

こうして俺とアーシアは皆の休日につきあうことになったのだが……。

小猫ちゃんの場合——。

「……大食いチャレンジ、お願いします」

休日に何をしているかと思ったら、飲食店に入って大食いチャレンジ！　もちろん、賞金をもらってチャレンジ成功！

次に木場の場合——。

「休日はこうやって図書館で本を読んだり、レンタルショップで映画を借りたりだよ」

イケメンは図書館で神話の本や歴史の本を読みふけっていた。……なんていうか、プライベートまで真面目一辺倒な奴だな。

最後に朱乃さんの場合——。

「うふふ、休日は街でショッピングですわね」

朱乃さんと共に街に繰り出し、服屋や雑貨屋を巡るプラン。俺は買い物袋持ちで、朱乃さんはアーシアと一緒に女の子の買い物を楽しんでいた。

……皆、休日の過ごし方も普通だなー。人間とまったく変わらないや。

ここからアーシアは悩みを解決するだけのものを得られるのだろうか？

俺たちは買い物を終えたあとにカフェに入って一息ついていた。

「うふふ、今日はお買い物につきあってくれて、ありがとう、イッセーくん、アーシアちゃん。それで悪魔の生活というものがわかったのかしら？　私たちの仕事と生活が参考になったら幸いなのだけれど……」

そうは言われても……俺とアーシアは顔を見合わせて反応に困ってしまった。

朱乃さんはそれを見てて微笑(ほほえ)む。

「人間界で生活している以上、悪魔の生き方といってもそうは変わりませんわ。契約の内容だって、イッセーくんやアーシアちゃんが普段こなしているものとほとんど一緒です。けれど、そうですわね……。リアス——いえ、部長の仕事なら参考になるかもしれませんわね」

「それはどういうことですか？」

俺がそう問う。朱乃さんはティーカップに一口つけたあとにこう言った。

「上級悪魔であり、私たちグレモリー眷属(けんぞく)の『王(キング)』である部長を呼び寄せるほどの願い、依頼というのはそれだけ内容も大きいということですわ」

なるほど、悪魔を知るなら我らが主の仕事ぶりを見ろってことか。

次の日、俺たちは部長にそれを問うことにしたのだった。


「ええ、私のもとにそう言ってくるであろうことは予想できていたわ」

次の日の放課後、部室にて俺とアーシアが部長に昨日の朱乃さんとのやり取りを話したら、そう返されたんだ。

「朱乃たちの普段の仕事内容、そしてプライベートを見ても二人の疑問を解消できないかもって思っていたもの。それだけいまの悪魔の生活、仕事が平和ってことね。──けれど、なかにはイッセーが転生したときのような呼び出しもあるわ」

そうだ。俺は堕天使との一件に巻き込まれて転生した……。悪魔をしていると、そういう事件もあるってことだ。

部長が俺に近寄り、頬を手でさすってくれる。ああ、部長のお手々は最高だ！

「いいわ。今夜は久しぶりに少し大きな仕事が入ってきているの。私宛にね。それを横で見学なさい」

部長の仕事？

「部長メインの仕事を見てもいいんですか？」

「ええ、もちろんよ。あなたとアーシアは私のかわいい眷属だもの。私も『王（キング）』としてあなたたちに悪魔というものを見せないといけないわ。ついていらっしゃい」

「「はい！」」

俺とアーシアは同時に返事をした！　おおっ！　部長のお仕事！　興味がわいて仕方がないぜ！

「僕たちもご一緒してもよろしいでしょうか？」

「……部長のお仕事、興味があります」

「あらあら、それなら皆で行きましょうか、ねぇ部長」

木場、小猫ちゃん、朱乃さんも同伴を願い出ていた！

「ええ、では皆で行きましょう」

かくして、俺とアーシア、皆は部長のお仕事を見学することに――。

グレモリー眷属総出で魔方陣にてジャンプした先は――とある博物館だった。

ピラミッドの模型やら、謎の石碑やら、古代の装飾品などが展示されている館内。

ああ、ここ知ってる。小学校高学年のときに体験学習で訪れたことがあるよ。アジア圏の古代文明とかを取り扱っているんだよな。

「これはグレモリーさん。お久しぶりです。その節はお世話になりました」

俺たちを出迎えてくれたのは中年の男性だ。白髪混じりで眼鏡という出で立ちで、物腰がやわらかそうな雰囲気だった。知的なオーラを漂わせている。

男性を確認すると、部長は微笑んだ。

「ごきげんよう、教授。例のご依頼、叶えにきましたわ」

それを聞き、顔を輝かせる男性。

「それはありがたい限りです！……と、そちらの方々は？」

男性の視線が俺たちに送られていた。

「はい、この子たちは私の眷属悪魔ですわ。今日は少し手伝ってもらおうと思ってます」

「ああ、グレモリーさんの眷属悪魔さんですか。これは大変興味深い。七十二柱に連なり、魔王をも輩出した名門グレモリー家次期当主の眷属……その筋の研究者がこれを知れば興奮間違いなしですな」

眼鏡をキラリと光らせて、好奇の視線を送ってくる男性。……こういう考古学の研究者っぽい人にとって、悪魔とかって研究対象なんだろうなぁ……。そういう経緯もあって、俺たち悪魔とコンタクトを取ってきたのだろうし。

部長が男性を紹介してくれる。

「皆、こちらの方は西浦教授よ。世界各地の古代文明について研究をされているの。悪魔にも詳しいのよ」

「古代文明を紐解くと魔なる存在、悪魔にも行き着きますからね。あなた方とこうして交渉するようにもなってしまったと」

へー、古代文明研究の延長線上で悪魔と取り引きするようになったのか。聞こえと経緯は格好いいけど、エクソシストが知ったら、この人、大変なことになっちゃうんじゃないか？

「それで西浦さん、例のものは？」

そう問う部長。

「ええ、ではこちらに。いやー、私はお手上げです」

俺たちは教授の案内のもと、奥に進むことに。

博物館の奥に通された俺たちグレモリー眷属。

そこは高そうな機材がそろった広いフロアだった。その中央に──石棺が置かれていた！　高そうな機材もケーブルなどで棺と繋がっていた。

おおっ、いかにも何かが入っていそう雰囲気の棺だ！　ところどころヒビが入ってる。古代象形文字？　らしきものが棺のいろんなところに記されていた。俺にはさっぱり読めん。

部長は棺を見るなり、目元を細める。

「……これが件の棺ね。確かに教授の報告通り、あまり良くないオーラが棺から漏れているわ」

そ、そうなのか？　俺にはよく視認できないんだが……。けど、この部屋に入ってから変な悪寒を感じるのは確かだな。隣でアーシアも「なんだか、寒気がします」って嫌なものを感じている様子だし。

「この棺はある遺跡から出土したばかりのものでしてね。かなり貴重な歴史的遺産なのですが……」

教授は顔を曇らせて続ける。

「これを研究した学者の方々は謎の病に倒れたり、不可解な事故に遭ったりして、怖がってしまいましてね、手放すケースが続出したのです。そのせいか、この棺の研究が進まなかったのですよ。そして流れ流れて私のもとに来たのです」

「……棺の呪いかも」

小猫ちゃんがそのようなことを言う。マジかよ！　呪いとか！

「幸運なことに私は悪魔の方――グレモリーさんと面識がありましたから、主立った研究を始める前にひとつ調査をしてもらおうかなと思ったしだいなのですよ。餅は餅屋というわけではないのですが、この手のものは悪魔の方に調べていただいたほうが確実でしょうしね」

「それは正しい判断ですわ、教授。こういうのは私たちにお任せしていただいたほうが賢明です」

教授が棺の蓋に指をさす。

「この部分を見てください。象形文字なのですが……」

皆がその部分に注目する。

……丸い絵がふたつあって……。まるでおっぱいみたいだ。って、何を考えてるんだ、俺は！　象形文字にまでエロスを求めてどうするよ！

「ここにこう書かれております。『我が眠りを覚ますのは乳の豊かな美しき魔なる女性だけだ』――と」

………。

お、おい！　なんだ、そりゃぁぁぁぁっ！　乳の豊かな女性!?

それってつまり、巨乳の姉ちゃんってことだろう!?

教授は眼鏡をくいっとあげて真っ正面から言い放つ。

「要約するとこうです！　おっぱいの大きい悪魔の美女に起こされたい！　棺の主はそう言っているのです！」

「ひどい棺だな、これ！」

突っ込む俺！　だって、なんだそりゃって話ですよ！　美女が起こせってのならわかる！　悪魔の女性が起こせってのもまあ神秘的だ！　けど、巨乳で悪魔の美女じゃなきゃ起きないってのはぶっ飛んだ象形文字でございますよ！

「ちなみにいままで呪われた学者の方々はむさい中年男性ばかりでした。おっさんを呪ったんでしょう」

「呪われた原因はそんなことなんですか!?　おっさんが棺に触れるのはは論外と!?」

そのときだった。部長の影が部屋の照明によって棺に重なる――。

胸の辺りの影が棺の蓋にある丸いレリーフと重なった瞬間、石棺が「ゴゴゴゴゴ！」と大きく鳴動する！

「おおっ！　やはり、悪魔の女性によって、棺が開かれるのか！」

興奮する教授！

この棺、部長のおっぱいの影で開きやがったよ！　どんだけだよ！

開いていく棺の蓋。なかからミストが噴出していく！　蓋が完全に開ききり、中から包帯にぐるぐる巻きにされたミイラが現れた！

頭部にはファラオが被っていそうな王冠！　手には怪しげな杖！　顔は干からびており、完全にミイラだ！

しかし、そのミイラは棺のなかで寝たまま目玉のない眼孔を光らせる！　俺はその眼光と目があってしまった！

その瞬間だった――。

体が金縛りにあったかのように動かなくなり、口が勝手に動き出す。

『我を目覚めさせた者は誰だ？』

低い男性の声音が俺の口から発していく！　な、なんだこれ!?　どうなってんだ!?　か、体が動かない！

「イッセーさんの声ではありません！」

驚くアーシア！　ああ、俺もびっくりだよ！　って、俺は声を出せない！　指先ひとつすら動かせなくなってる！

「まさか、呪術師のミイラに体を乗っ取られた？」

木場がそのようなことを言う！　マジかよ！　俺、このミイラ野郎に体を操られているのか!?

俺の前に立つ部長。

「あなたを目覚めさせたのは私よ。ごきげんよう、ミイラ男さん。起きたようね。しかも意識を飛ばして私のかわいい眷属(けんぞく)の体を乗っ取るなんて。──それで教授、この人はどなたなのかしら？」

「ええ、なんでも古代エジプトの勢力圏内でも有名な呪術師だと棺の象形文字には記されていましたね」

教授の説明を受けて、ミイラ男が俺の口を通して言う。

『いかにも我はウナス。高貴なる神官にして、呪術を執り行うものでもある。我を目覚めさせてくれことに関して礼を言う。我を起こした理由はなんだ？』

「ええ、考古学──あなた方の時代について研究をしたいので協力願えればと思っているのですよ。どうか、ご協力願えないでしょうか？」

真摯にそう告げる教授。

俺の体は勝手に動き、寝たきりのミイラ本体から杖を取り出して器用に回す。杖の先を教授に突きつけた。

『残念だが、それはできない。我が本体は呪われているのだ。そのせいか、力を完全に出し切れない』

そ、そうだったのか。って、いいから俺の体を返せ、このミイラ野郎！　脳内で訴えかけたところでミイラ男はまるで反応しやがらねぇし！

ミイラ男の声を受けて、部長が言う。

「呪い……。見たところ、あなたの本体、そして漂うオーラから察するに悪魔から呪術を受けたようね。呪術師が呪いを受けるなんてちょっと情けないわ」

『耳が痛いところだ。私は呪術師として、さらに高みを目指そうと高位の悪魔を呼ぼうとしたのだが……偶然にも召喚できた悪魔が大公アガレスの縁者だったのだ。当時の私にとって、その悪魔はあまりに強大であり、交渉できる相手ではなかった。怒りに触れてしまい、呪いを受けてこの様だ。体と呪術の大半を封じられてしまい、長い眠りにつくしかなかったのだ』

大公って……はぐれ悪魔討伐をお願いしてくるお偉いところだ。

部長が目を細める。

「そう、大公が。大公は魔王、大王の次に権威のあるお家だわ。大公を怒らせればそれ相応の罰を受けるでしょうね」

『その呪いが解けぬ限り、協力はできぬ。そして、この悪魔の体を返さぬぞ』

えええええええええええっ！　マジかよ！　体を返してくれないの⁉　俺、関係ないじゃん！　あんたの失敗が原因じゃん！　体を返せよ！

嘆息する部長。続けて訊く。

「教授、呪いは解いたほうがよろしいのかしら？」

「え、ええ、それが叶うのでしたら」

教授の答えを聞いて、部長はうなずく。

「わかりました。ミイラ男さん……ウナスと言ったかしら、依頼者の願いを叶え、私の大事な眷属を返してもらうためにも、あんたの呪いを解いてあげるわ」

『ありがたい。ぜひとも頼もうか』

ミイラ男もふたつ返事で応じたのだった。

「それで、何をすればいいのかしら？」

そう訊く部長の——胸元をこいつは見やがった！　これ、絶対に部長のお乳をガン見してやがるぞ！

乳から目を離さずにミイラ男は俺の口を介して言う。

『私は三つの呪いをかけられている。その呪いを解くには——悪魔の美女の力が必要なのだ』

ミイラ男の説明を聞いて部長は聞き返す。

「三つ？」

『ああ、三つだ。その三つの呪いは若い悪魔の女性の協力によって解呪されていく』

「どんな解呪方法なのかしら？」

部長の問いかけにミイラ男は俺の体を動かして、棺のなかを探るようにごそごそとしていく。——棺から出されたのはっ！

『この衣装を着て、踊ってもらえないだろうか。それが第一の呪いの解呪方法なのだ』

俺の体が棺から取り出したのは、ベリーダンスの衣装！　ただし、衣装の上下共に布面積がかなり少ない形のものだ！

俺の体はそれを——部長のほうに突き出す。

『これをあなたに着てもらいたい』

「わ、私が……これを？」

ちょっと困惑気味の部長！　し、しかし、これはおいしい場面なのかもしれん！

『あなたがこれを着て踊ればきっと解呪できる！　絶対にだ！』

力強く言い放つミイラ男！　……なんだか、言葉の裏側にエロエロなものを感じてならないんだが……。

「…………」

小猫ちゃんが目を細め、怪しそうにこちらを見ていた。小猫ちゃんも何かを感じ取っているようだ。

部長は息を吐き、うなずく。

「わかったわ。これを着て踊ればいいのね」

こうして、第一の解呪が始まった。


どこからともなく鳴ってきたベリーダンスの軽快な音楽に合わせて、踊り用の衣装を着た部長が踊っていく。

布面積が少ないせいか、舞うたびにいまにも乳やら尻やらがこぼれそうになる！　た、たまらんな、こりゃ！

けど、部長は急場のベリーダンスでも巧みな舞を見せてくれた！　さすが部長！　なんでもできてしまうんだな！　ちょっと恥ずかしがりながら踊っている部長の姿が、申し訳なくも興奮してしまいそうで……！

『す、すばらしい……』

ミイラ男は俺の体を通して、部長の踊り――いや、乳の揺れやらおケツに視線を集中させていた！

こ、こいつ、やはり、下心があるんじゃ……！　だけど、ありがとうございます！　おかげで俺も部長の乳や尻が見放題だ！

「……怪しいです」

小猫ちゃんがジト目でこちらに視線を向けてきていた！　相変わらず洞察が鋭い！

十五分ほど部長が踊ったところで――柩のほうに変化が訪れる。柩に魔方陣が現れて、崩れ去ったんだ。同時に黒いモヤがはき出されていくようだった。

「いま解かれた魔方陣は大公アガレスのものね」

『アガレスの呪いがひとつ砕けたようだ。よし、赤い髪の女人よ、礼を言う』

このミイラ男の話だと、いまの部長の踊りで呪いがひとつ解消されたようだ。あとふたつか。

次にミイラ男は小猫ちゃんのほうに視線を向ける。

『……次の呪いの解呪だが、二番目は悪魔女性の口づけが必要なのだ。時に小さき女人よ、先ほどから私のほうに熱い視線を送ってくれていたな？』

などと、ミイラ男は言うけど……。違う違う！　絶対におまえの行動が怪しすぎて見られていただけだって！　勘違いも甚だしい！

「……あなたの視線がエロいのか、それとも憑依されているイッセー先輩の視線がエロいのか、見ていただけです」

『いや、違う！　私にはわかるのだ！　貴殿の熱視線が！　よし、次の解呪は貴殿にしてもらおう！　さあ、口づけを！』

言うなり、ミイラ男は俺の体を動かして、小猫ちゃんのほうに近づいていく！　歩みに一切の迷いがない！

こ、こいつ、やっぱり、怪しい！　ていうか、いやらしいんじゃないか⁉

……くっ！　このままでは、俺は小猫ちゃんとキスしてしまう！　それはそれでおいしすぎるけど、絶対にうまくいくわけもなく、ぶっ飛ばされるのがオチだが……。いやしかし、万が一というのもあるから、小猫ちゃんが願いを聞き入れてキスを……っ！

唇を突きだして小猫ちゃんに迫る――。

「……来ないでください、キモい」

ゴンッ！

容赦のない鋭いストレートが俺の顔面に放たれていく！　ですよね！

「ああっ！　イッセーさん、危ない！」

パンチの衝撃で倒れそうになる俺にアーシアが駆け寄ってきて――。

チュッ、と。俺のほっぺにアーシアの唇が！

ぐ、偶然とはいえ、アーシアにほっぺにチューしてもらっちゃった！　ラッキー！

同時に再び棺から魔方陣が現れて、砕けていく。

『あと、ひとつだ！　あとひとつで私は完全復活できるぞ！』

アーシアのほっぺにチューでふたつ目の解呪が成功してしまった！　こ、これ、全部解呪に成功したら、大変なことになるのでは？　俺たちは目覚めさせてはならない者を目覚めさせようとしているのでは……！

ミイラ男は俺の体を動かして、今度は――朱乃さんに視線を向ける！

『最後のひとつは――乳の豊かな女性にパフパフをしてもらうことだ！　最高難易度の解呪方法だが……いまならやれるであろう！　いまの私ならそれも可能だ！』

ミイラ男は俺の体で駆け出し、朱乃さんへ走り寄ろうとする！

こ、こいつ！　朱乃さんのおっぱいに飛び込んであの豊満な乳に顔を埋める気か⁉

いいじゃないか！　最高じゃないか！　男のロマンじゃないか！

だが、そうじゃない！　こ、こんなエロい奴を再び解き放つのは危険だ！　しかも朱乃さんの乳で復活を果たそうだなんて許さん！

俺はなんとか気持ちを奮い立たせて、精神を強く研ぎ澄ます！　そして、朱乃さんに向かう俺の体を……制止しようとした！

『……くっ！』

ミイラ男が動かす俺の体が――動きを鈍らせた！　おおっ俺の強固な意志が通じたか！

俺はそのまま口も動かそうとした！

「……き、聞こえるか、皆！　や、やっぱり、こいつは危険だ！」

『何をする、貴様！　あと少しで貴様も解放されるのだぞ⁉　それに解呪方法をすべて楽しんでいたではないか⁉』

今度はこいつが俺の口からそんなことを発する！

「……ダメだ！　お、おまえは……エロい！　どうせ、復活してもろくでもない呪術師だったんだろう⁉　こ、小猫ちゃん！　キミならわかるはずだ！　こ、こいつはとてつもなくエロい顔で皆を見ていたんだろう!?」

そう、小猫ちゃんならこいつの真意がわかるはずだ! いち早く気づいていたのだから！

「イッセー先輩はいつもスケベな顔です」

「ですよね‼」

そうだった！　俺はいつもスケベ顔だった！　いやそうじゃない！

だけど、ミイラ男の意志も強く、俺の体を一歩、また一歩と朱乃さんに近づけていく。

『あ、あの乳が私を待っているのだ！　あの乳で私は復活を遂げる……っ！　そこに乳があるのだ……っ！』

なんて、スケベパワーだ！　お、俺に匹敵する！　こいつはとんでもない変態呪術師なんじゃないのか⁉

「あらあら、困りましたわね」

朱乃さんもどうしたらいいのかわからない様子だった！

だが、朱乃さんの乳をこいつに許したらいかん！

『……くく、少年よ。あの乳に顔を埋めたら、どれだけ気持ちいいのだろうな？』

なんだと……？　視線を通して朱乃さんの豊満なおっぱいが俺の脳内に流れ込んでく

る！　……か、考えるな俺！　朱乃さんの乳は俺が……！

「……くっ！」

『……ぐぅっ！』

意志がぐらついたときだった！　その場でつまずいてしまい、体が朱乃さんのほうに飛び込んでいく――。

「あぁん！　あらあら、イッセーくんったら……大胆ですわね」

もにゅん！

最高のやわらかさが俺の顔面に伝わってくる。――ああ、ここは天国だ。

俺の体は転び、ついには朱乃さんの胸に飛び込んでしまったのだった。

その瞬間だった。俺の体の自由が復活する！

俺の体から黒いモヤが抜けていき、棺のほうに帰って行く。同時に最後の魔方陣も棺から現れて砕けていった。

……棺から大量の黒霧が噴出されだした。

「……邪なオーラが強まりました」

小猫ちゃんが真剣な表情でそうつぶやく。

そう、俺でもわかる。棺からプレッシャーを感じるんだ！

『ふっふっふっ』

笑い声を漏らしながら、棺より横たわっていたミイラ男の本体が起き上がり始めた。

包帯が解き放たれていき、ミイラだった顔も瑞々(みずみず)しく生前のものになっていく。

『ふはははっ！　偉大なる呪術師ウナス、ここに復活！　ご苦労だったな、悪魔の諸君！』

そこに現れたのは王冠と杖(つえ)はそのままに、上半身は裸、下には腰布という古代エジプト人スタイルの若い男性だった！

『この時代に復活したいま、復讐(ふくしゅう)を遂げてみせるぞ！　あのアガレスの女め！　よくも私に呪いをかけてくれたものだ！』

おおっ、なんだか、気合いが入っているな……。

「復活してそうそうだけれど、訊(き)いてもいいかしら？」

部長が元ミイラ男に問う。

『なんだ？』

「どうして、大公の縁者に呪いをかけられたの？」

『ふっ！　呼び出した悪魔の女性がとびきり美しかったのだ！　なので求婚――いや、我が奴隷と化せ！　と願いを言ったら、私にあんな呪いをかけていったのだ！』

それを聞き、部長は嘆息する。

「……さすがにそれは……あなたの魂を対価にしてもあまりある願い事ね。怒って呪いをかけられても仕方ないのではないかしら？　大公を呼び寄せたのだから、それ相応の願いと報酬を用意しなければ怒りを買って当然よ」

『そんなことは知らん！　くっ……！　悪魔はいつだって私を小馬鹿にするのだな！　まあいい！　手始めに貴様らから倒してくれるわ！』

呪術師は戦意を高揚させて、杖をこちらに向ける！

おーっと！　戦闘開始かよ！　木場が剣を手元に形成し、小猫ちゃんも拳をかまえた。

『Boost!』

俺も籠手を装着！

部長だけは不敵に笑み、堂々とかまえていた。

「まったく、教授のお願いを聞きにきただけだというのに、とんだお馬鹿さんと出会ってしまったわね。教授、このミイラ男は危険ですわ。消し去ってもよろしいでしょうか？」

教授に確認を取る部長。教授は物陰に隠れていた。

「え、ええ！　大変もったいないのですが……仕方ありません！　で、できれば棺だけでも残していただけるとありがたい！」

「わかりましたわ。棺だけ残して、あとは消えてもらいましょうか」

部長の強気な態度に怒りを覚えたのか、呪術師は歯ぎしりして杖をかまえる！

『……おのれ！　上質な魔力を持つ悪魔女性は皆傲慢なのか！　許せん！　我が呪術を受けよ！』

男の持つ杖が怪しく光ると、棺のなかから包帯が無数に出現して、うごめき回る。

その包帯は形を成して、大量のミイラ男を作り出していった！

『いけ！』

呪術師の号令と共に物言わぬミイラ男の大群が俺たちに襲いかかってくる！

「そうはさせないよ！」

木場が魔剣で切り伏せ、

「……えい！」

小猫ちゃんが体術でぶっ飛ばしていく！

「うふふ、よく燃えそうですわ」

「消えなさい！」

朱乃さんの炎の魔力と部長の滅びの魔力がミイラ男の大群を消滅させていく！

「はぅっ！　イッセーさん！　こちらにも来ましたよ！」

「アーシアには触れさせない！」

俺もアーシアを背後に隠しながら、倍加したパワーでミイラ男たちをぶん殴り、蹴っ飛ばしていく。

『ならばこれならどうだ！』

呪術師は杖をさらに怪しく輝かせて、包帯をいっそう動かしていく！

包帯は意志を持つかのように動いていき、部長たち女性陣をとらえようとした！

「何度もこの手のものに捕まるわけにはいかないわ！」

部長たちは軽やかにそれらを回避して、包帯を吹き飛ばしていった！

そうさ！　部長たちが何度も同じ手にかかるものかよ！　……ちょっともったいないけど……。

『ふふふ、甘い！』

呪術師は杖を回して、部長たちに向けた！　その瞬間、回避行動を取っていた部長たちの体が金縛りにあったかのように静止する！

――っ！　い、いや、俺の体も動かないぞ⁉

「こ、これは！」

「はぅっ！　体が……動かないです……」

隣の木場、後ろのアーシアも同様だった！

「──っ！　こ、これは⁉」

驚く部長に呪術師は不敵に笑んだ。

『我が呪術がひとつ、金縛りの術なり！　貴殿らのような強力な悪魔を長時間停めることは叶わぬが……静止している間に縛ればいい！』

俺たちを金縛りで静止させている間に、包帯がうごめいて、部長たちをぐるぐる巻きにしていく！

「……またこのパターン」

小猫ちゃんは捕まりながらも嘆息していた！　まったくだ！　どうして、俺たちと敵対する奴らはぐるぐる巻きが好きなんだ⁉

『その包帯は長年私が念をこめた特別製。ちょっとやそっとでは外れない！』

部長や朱乃さんも魔力を練ろうとするが──包帯に念のこもった文字が現れて、拘束力を強めているようだった。

「……なるほどね。あなた、大した呪術師だわ」

部長も苦笑しながらもそれを認めていた。賛辞を受けた呪術師は高笑いする。

『ガハハハハッ！　そうであろうそうであろう！』

「けれど、私たちを相手にしたのが運の尽きよ！　イッセー！」

俺を呼ぶ部長！

「私たちにドレスブレイクをしなさい！　あれなら絶対にこれに勝てる！」

そ、そっか！　あの包帯は部長たちに密着してる！　着ているようなもんだ！　それなら俺のあれでいけるかもしれない！

「はい、部長！　わかりました！　いくぜぇぇぇっ、ブーステッドギア！」

『Explosion(エクスプロージョン)!!』

籠手の力が爆発して、オーラが高まる！

俺は向上した能力で、部長たちをくるむ包帯にタッチしていく！

部長、朱乃さん、アーシア、そして……。

「…………」

小猫ちゃんが嫌そうな顔をしているが……心を鬼にしてタッチする！

全員に触れたあと、俺は格好つけたポージングをして、指を鳴らした。

「――ドレスブレイク」

その瞬間、バババッと激しく包帯が弾(はじ)け飛び、部長たち女性陣は包帯から解放されて――身に着けていた衣類まで吹き飛んだ！

飛び出す生乳！　生尻！　最高だ！

「おおっ！　眼福です！」

全員の全裸を脳内保存！　ありがたや〜！

「……見ないでください！」

棺の蓋を放り投げてくる小猫ちゃん！　ぎゃふん！　もろに食らっちまったよ！

『こ、これは！　す、すばらしい技だ！　感動したぞ、悪魔の少年よ！』

なぜか、大興奮するスケベ呪術師から賛辞を受けてしまった！

その呪術師の前に部長と朱乃さんが立ちふさがる――。

「……悪魔の女性に淫らなことをしようとする不逞の輩……その罪は万死に値するわ。グレモリー公爵の名において、あなたを吹き飛ばしてあげる！」

部長は手元に強大な滅びの魔力をたぎらせ――、

「あらあら、せっかく長い眠りから目覚めたのに……悪い子はお仕置きですわね」

朱乃さんはSな表情で両手に電気を走らせる。

『お、おのれ！』

呪術師は杖を再びこちらに構えようとしたが――。

「滅びなさい！」

「お別れですわね！」

部長が滅びの魔力を撃ちだし、朱乃さんが雷を放つ。

『ぐがあああああああああああああっ！』

部長と朱乃さんの同時攻撃を食らい、呪術師は消し飛んでいったのだった。


―○●○―


「あー、なんだか、大変な目に遭ったけど……結局、悪魔の生き方と仕事ってのは、いままで通りでいいってことなのかな……」

部室のソファで息をつく俺。その隣でアーシアは目をキラキラさせていた。

「イッセーさん！　私、わかりました！　部長さんのように格好いい女性悪魔になってみせます！　普段の生活も部長さんのようにすればいつか近づけるかもしれません！」

それはそれで……部長の影響でアーシアが大胆な行動をするようになるかもしれないが……。

「主よ、私が立派な悪魔になれるよう見守りくださ……はぅっ！」

あ、また祈ってダメージ受けてるし……。

「ふふふ、悪魔は長い時を生きるのだから、ゆっくりと生き方を考えていけばいいのよ」

部長はそう優雅に言いながら紅茶を口にしていた。

確かにそうかもな、俺もアーシアもゆっくりこれからを考えていけばいいのかもしれない。俺たちはまだまだ覚えていくことが多いのだから。

「部長。また部長宛に依頼が届きましたわ」

そう言いながら入室してきたのは朱乃さんだった。

「あら、何が入ってきたの？」

問う部長に朱乃さんは言う。

「はい、なんでも、今度は古代中国の遺跡から出土した棺を調べてほしいと教授のお友達の方からお願いをされました。うふふ、どうします？」

おおっ、マジか！　またエロい呪術師さんじゃないのか⁉　はた迷惑だけど、エロエロ場面に遭遇できるから、どちらかというとおいしいかも！

「それ、他の上級悪魔に回してもらえないかしら。ちょっときな臭いもの。あんな恥ずかしい思いまでして出てきたのがあれだもの。この間の仕事だって、完遂できなかったわ」

嘆息しながら部長はそう告げた！

「それがいいでしょうね」

木場も同意していた！

マ、マジか！　他の悪魔に回しちゃうの!?

残念がる俺の表情を小猫ちゃんがジト目で見てきていた。

「……やっぱり、イッセー先輩はいつもスケベ顔です」

はい、すみませんでした……。

喫茶店「C×C」にて

「あれ、イッセーくん。こっちこっち」

「木場、お前も来てたんだな」

「うん、誰か面白い人がいるかなって思って。
イッセーくんはお仕事帰り?」

「ああ。何か飲んで休んでいこうと思ってな。
いやー、こういう店があるといいよな」

木場

「そうだね。気が向いたときにふらっと
立ち寄れる。アザゼル先生に感謝だね」

「お、イッセー、木場。来てたのか」

「さっき来たとこだよ。
しかし……やっぱりゼノヴィアの、
その店員服似合ってるな」

「そうだろう! 私もこんなスタイリッシュで
可愛い服を着てみたかったんだ!
楽しいぞ」

「このお店ができてから、
前よりもみんな笑顔が増えたよね」

「そうだな。最初はこんな喫茶店作るって
聞いて驚いたけど。何ヶ月前だったかな……」

Life.5　ご注文はアクマですか？

ある日のこと。

突然、リアスから衝撃的な情報を告げられた。

「駒王町に会員制の……俺たち用の喫茶店を作る？」

そうリアスに聞き返す俺。

夕食を終え、皆でリビングにて寛いでいるときにいきなり喫茶店の話をされたのだ。

リアスが優雅に紅茶の入ったカップを口にしてから言う。

「ええ、三大勢力の同盟後にアザゼルが購入していた不動産のひとつをチーム『D×D』限定の喫茶店にしようという話が出たようなの。ちょうど、その物件の最上階が打って付けの間取りになっているのよ」

……先生の遺産……って言っちゃ、隔離結界領域で戦っているアザゼル先生に失礼だけど、とはいえ、あのヒトはこの町の不動産を一体いくつ持ってるんだろう……。

俺たち「兵藤一誠」眷属が悪魔の仕事をしている事務所も、元はアザゼル先生が持っていた不動産のひとつだった。

リアスが微笑みながら提案してくる。

「では、ちょっと行ってみましょうか」

そんなわけで、俺たちは件の物件に行くことに。

そこは駒王町の繁華街にあるビルの最上階だった。直接、最上階に転移魔方陣でジャンプしてきた。

空き店舗が目の前にある。

中に入ると——そこにはレストランっぽい様相の広いフロアがあった。

俺はぐるりと見渡しながら言った。

「……マジだ。これ、飲食店っぽい間取りだ」

この町には生まれたときから住んでいるけど、ここにビルはあった……と思う。でも、最上階に以前どんなお店があったかまではわからないな……。身近なところでも、細部まではは知らないってこと、たまにあるよな……。

——と、奥に明かりがついていることに気づいた。

そこからひょっこり顔を出してきたのは——イリナだった！

「あ、イッセーくんにリアスさん！　皆も！」

イリナは夕食のあと、アーシアとゼノヴィアと共に「ちょっと用事があるから出かけてくるね」と家を出たのだが……ここに来ていたのか！

「イリナはどうしてここに？」

俺が訊くと、イリナが言う。

「うん、このお店の準備をしているの。教会の関係者が主に運営することになったみたいだから。それに私だけじゃないのよ」

となると……さっき外出したメンバーも？　イリナが奥に視線を送ると、

「イッセーさん、リアスお姉さまたちも。来られたんですね」

「ここに皆で来たようだね」

アーシアとゼノヴィアも姿を現した。

さらに奥から見知った顔ぶれが出てくる。

「これはこれは、兵藤家の皆さんじゃあーりませんか」

という声と共にリント・セルゼンさんと、黒いシスター服を着た美少女さんが現れた！

この黒いシスター服の女の子は、ミラナ・シャタロヴァさん！　正教会のシストラ（正教会でのシスター）で、四大天使の一角ガブリエルさんの『A』！　灰色がかった青い瞳がとてもキレイ！　ベールから覗かせる灰色がかったブロンドも最高だ。

現在、絶賛開催中のレーティングゲーム国際大会でデュリオが『王』を務める転生天使のチーム『天界の切り札』にも所属していて、俺たち『燚誠の赤龍帝』チームとも予選で戦った。

「……………こんばんは」

ミラナさんはあまり俺たちと面識がないせいか、気恥ずかしそうに顔を赤く染めて、体をもじもじさせていた。

この娘もかわいいんだよな！　しかもかなりの巨乳……っ！

試合のときに俺は龍神の力を込めた『洋服崩壊・龍神式』を放って、彼女のシスター服を弾き飛ばした！

そのときに拝ませてもらった裸体は……鮮明に脳に刻まれていて……ぐふふっ！　すんごい大きなおっぱいでした！

「……先輩、顔がとてもいやらしいですよ」

小猫ちゃんに注意されてしまった！　いやはや、面目ない！

「…………いや」

ミラナさんったら、胸元を手で隠してしまった！　服を着ているとはいえ、あのときのことを思い出されたくないのだろう！　申し訳ないけど、その仕草もかわいい！

……と、コホン。話を戻さないと俺はミラナさんにもっと嫌われそうだ。

おや？　俺は視界の隅に怪しい人影を捉えてしまった。トイレの扉から、ひょっこり顔だけ出している——白髪の男の子。年齢は十一〜十二歳ぐらいかな？

……なんとなく、見覚えのある顔立ちをしていた。

俺の視線に気づいたのか、リントさんが俺の目を追い、トイレの扉に隠れている男の子を見つけた。

リントさんが言う。

「あー、あの子っスね。あの子はシグルド機関の有望株なんですなぁ。ほら、こっちに来るっスよ」

リントさんが男の子に手招きするが……恥ずかしいのか、トイレのほうに逃げてしまった。

そっか、シグルド機関——白い髪をした教会の戦士を育成していた組織の出なんだね。

あそこは英雄シグルドの血を引く者の中から、魔帝剣グラムを扱える真の末裔を生み出すのを目標にしていたんだよね。

イカレた少年神父のフリードや元英雄派の副リーダー——ジークフリート、それにリントさんもそこの出身。

だからだ。あの子、ジークフリートっぽい顔立ちをしていた。

試験管ベビーの実験もやっていた組織だからか、遺伝子がほぼ同一で顔が似ている出身者もいるからね。フリードとリントさんもそうだし。

リントさんが代わりに紹介してくれた。

「シグムンドっていう子ですぞ。身内にはシグって呼ばれてますぜ。自分やフリードのアニキの遺伝子情報とジークのセンセの遺伝子情報を半々ずつ持ってるっス」

男の子は、またそろりと扉から顔を出してこちらをうかがっていた。

リントさんが言う。

「ヴァチカンからのお達しで、シグっちをこっちで使ってくれと言われたんスよ。何やら、本部でも持て余していたようなんで」

へー、こちらに出向させてきた機関の有望株ってことね。てか、リントさんは「シグっち」って呼んでいるのか。

じーっとあちらを見ていてもすぐには打ち解けてもらえなそうだし、まずはイリナと話そうかな。

俺があらためてイリナに言う。

「実はこの店のこと、リアスからさっき聞かされたばかりなんだ」

「そっか、イッセーくんはまだ知らなかったのね。って、私たちもつい先日知ったばかりなの。それで今日は皆でお掃除をね」

イリナがそう口にした。

さっきのイリナからの情報だと、この店は教会の関係者に任されるってことかな？　まあ、準備中のここで作業をしているメンツも教会の関係者だ。

俺がリアスに視線を送ると、彼女が察して説明をしてくれた。

「このお店について、上で話し合ったようなの。ビルの持ち主はグリゴリ。このお店そのものは天界。プロデュースは兵藤家に住む私たち冥界の関係者」

三者間で取り決めを作ったようだ。

リアスは魔力を使い、手元から資料らしき紙の束を出現させる。それを店内のカウンターの上に置いて、皆に見せた。

「一応、店内の内装はグレモリー家……私に任されているの。すでにテーブルと椅子を複数注文したわ。こんな感じのお店にするつもりなの」

資料には店内の完成予想図が描かれており、落ち着いた雰囲気のシックな様相だ。

椅子もテーブルもソファも上品そうだった。別室もいくつか用意されているようで、そこでちょっとした話し合いもできるようだ。

「さすがリアスさま、センスが輝いていますわ」

資料の予想図を見たレイヴェルはリアスのセンスに唸っていた。

ゼノヴィアがモップを片手にこう言う。

「しかし、チーム『D×D』限定の喫茶店なんて、洒落ていていいと思うぞ」

「そういう身内だけの秘密のお店って、ドキドキするわよね！」

イリナも同意していた。

これを受けてリアスが言う。

「『D×D』は結成以降、徐々にメンバーも増えているわ。けれど、中には所属しているものの、交流はあまりしていないヒトたちがいるのも事実。普段はあまり話したことのない者たちにとっての出会いの場になれば素敵よね。私もそういう場を作ろうと思って、店の内装をプロデュースしていくつもりなの」

確かに。『D×D』は結成したものの、敵対勢力と戦うとき以外は話すことも少ないかもしれない。いや、パーティーを開いたりして、ワイワイと集まったりもするんだけど、全員がそろうなんてことはないに等しい。

『D×D』に所属している以前に、メンバーそれぞれにも本来の役目と立ち位置があるからね。

しかもサポート要員や準メンバーまで含めると結構な人数だ。

俺は割といろんなヒトと話しているけど、まだお互いに話したことのないヒトたちが絶対にいるはず。

「それで客は仲間として、店員は？」

俺が訊く。

イリナが手でVサインを作りながら答える。

「基本、私たち天使が受け持つわ！　あと、教会関係者でもあるアーシアさん、ゼノヴィアにも手伝ってもらう予定よ。皆も暇なときにお手伝いしてくれるとうれしいかも！」

なるほど、天使やアーシア、ゼノヴィアたち、教会の関係者が基本的に店員なのね。ま、店を任されている以上は当然なのか。

天使がお茶を運んできてくれるっていいかもね！

ゼノヴィアとアーシアが張り切っていた。

「任せろ！　飲食店の女性店員というものにも憧れていたからな！」

「はい！　楽しみです！」

プロデュースする側のリアスと朱乃さんも楽しげに話し合う。

「さて、朱乃。どうしましょうか。まずはコーヒーの豆と、紅茶の葉っぱ、緑茶のいい銘柄を集めたいわね」

「軽食のメニューも提案したいですわね。サンドイッチは定番として……おにぎりがあっても面白そうですわ」

資料を広げて、あれこれ話し込み始めていた。

——と、ふいに小猫ちゃんがリアスに問う。

「……リアス姉さま。店名はどうするんですか？」

リアスはあごに手をやり、う～んと考え出す。

「そうなのよね……。それも重要だわ。う～ん……。天使たちから何か提案はあるのかしら？」

リアスがイリナに問う。

イリナは苦笑していた。

「案外、いろんな意見が出て保留中なの。聖人のお名前をつけても悪魔や堕天使のヒトは入りづらいし、聖なる加護がお店に発生しちゃったりするかもーって。じゃあ、冥界的なおどろおどろしい名前も天界的にどうなのって感じで」

それを聞いてリアスはうなずいた。

「……なるほど。まあ、おいおいそれは決めていきましょうか。看板も含めてね」

俺がリアスに訊く。

「それでここの開店はいつなの？」

「来週にはオープン予定よ」

早っ。まあ、椅子やテーブルの類はグレモリー家の関係者に頼めば悪魔パワーでどうにでもなるか。会員制だし、客数も限られているから、用意する食材もそこまで必要でもないだろうし。

てな感じで駒王町にテロリスト対策チーム『D×D』専用の喫茶店がオープンすることになったのだった——。


チーム『D×D』限定の会員制喫茶店がオープンして、すぐのこと。

俺が顔を出すと、すでにお客さん——というよりは仲間たちがちらほらと座っており、店内を物珍しげに見つつも寛いでいた。

「あら、イッセーくん。いらっしゃい」

イリナが出てきて応対してくれた。店員用の制服がかわいい！

「席空いているから案内するわね」

イリナに促されて、店内を見渡せる位置の席に案内してもらった。途中、見知ったメンバーと「これはどうも」「どうもどうも」とあいさつを交わす。

案内してもらった席に座りつつ、俺がイリナに訊く。

「客の入りはどうなんだ？」

「結構、出入りはあるわね。兵藤家に住むヒトたちもちょっとした空き時間に来てくれるし、関係者が親御さんを連れてくることもあったわ」

へー、案外賑(にぎ)わってそうだ。

一応、会員制ということもあり、店に来る方法も限られていて、このビルの最上階の一角に設けられた転移型魔方陣が主な移動方法だ。俺も兵藤家の地下にある大型の転移型魔方陣からビルの魔方陣まで直接ジャンプしてきた。

一般人を避ける術式が最上階にかけられており、エレベーターもこの最上階には来られないように細工をしたようだ。同様に階段にも幻術の類がかけられていて、普通のヒトたちはたどり着くことができないし、この階を認識もできないだろう。

「じゃあ、アイスコーヒーをひとつ」

――と、俺はイリナに注文をした。

「はーい、ありがとうございまーす」

イリナが応対して、店の奥に行く。

ふと制服姿のミラナさん（かわいい）と目が合うが……また胸元を隠されて、逃げられてしまった……。

……さて、気を取り直して、俺がここに来た目的だ。それは、店の様子を見ることと……この店でどんな組み合わせの会話が聞かれるかということだ。

案外……いや、相当気になるよね、珍しい組み合わせでの会話。ここに来れば、それが聞かれるかもしれないのだから、興味は尽きない。

しばらく、ゆったりしていたら……ストラーダ猊下が入ってきた！　俺の席からちょっと離れた席に座る。そこにサイラオーグさんも店内に現れた！

サイラオーグさんがアーシアに席に案内してもらうなかで、ストラーダ猊下と目を合わすことに。

「おおっ……なんと、ヴァスコ・ストラーダ猊下ではありませんか！」

「ふむ。これはこれはバアル家の次期当主殿。ごきげんよう」

「あなたと一度お話ができればと思っていました。ぜひ、ご同席させて頂いてもよろしいでしょうか？」

「こちらこそ、このような老骨でよければぜひに」

こうして、サイラオーグさんとストラーダ猊下という組み合わせの席が誕生することに！　うわー！　パワーとパワーの同席だよ！

　ブラックコーヒーを口にしながら、サイラオーグさんが言う。

「大会の試合を拝見させて頂いております。それにバアル家に伝わる近代の資料でも、お若い頃のご活躍を読ませて頂きました。特に第二次世界大戦の時代に活躍された逸話は畏敬の念を抱くばかり」

「ふふふ、お恥ずかしい限りだ。かの大王家の資料に荒削りな頃の私が刻まれているとは」

「同盟前は我がバアルの兵士たちにも、避けるべき相手の一人として教えられていたほどです。このように共にコーヒーを飲むことができようとは……時代の流れとはわからないものです」

「それについてはまったくもって同意だと言える。ところで、このコーヒー」

　カップを手にしながら、猊下が言う。

「バアル家の推薦があったと聞く」

　サイラオーグさんがちょっと照れながら頬をかく。

「ええ、少しばかりコーヒーの豆にこだわりがありまして……リアスからの相談に乗ったしだいです」

あー、このコーヒー！　なんだか、覚えのある香りと味がするなと思ったら、サイラオーグさんの推薦だったんだ！

俺、サイラオーグさんにコーヒーを頂いたことがあったけど、ここのアイスコーヒーはその味に似てる。サイラオーグさん、コーヒーが好きなんだよね。

味が完全に同一じゃないのは、豆がちょっと違うとか？　それとも淹れ方や作るヒトが違うせいかな？

ストラーダ猊下が言う。

「非常に飲みやすく、親しみやすい味だ。癖が少ないため、ここを訪れるであろう様々な者たちに合いそうだ」

サイラオーグさんはさらに照れながら言う。

「リアスにも幅広く受けそうな豆を紹介してくれと頼まれたので、品種と共にブレンドの配合を教えました。お口に合ったのでしたら、光栄です」

サイラオーグさんがあそこまで照れているのは珍しい。ストラーダ猊下と話せたこと、紹介したコーヒーを褒められたことがうれしかったんだろうな。

ストラーダ猊下がサイラオーグさんに訊く。

「私はもっと渋めのも好きなのだが、何かおすすめはあるだろうか？」

「おおっ、実は俺……私もその系統のコーヒーも好んでいます。ぜひ、今度――」
というふうにその日はサイラオーグさんとストラーダ猊下という珍しい組み合わせが見られたのだった。

違う日にここを訪れると――大人数が囲む席に、ヴァーリ、美猴、現猪八戒（豚の容姿をした人型妖怪）、朱色のふわふわした毛をしたかわいい女子中学生な現沙悟浄ちゃんが座っていた。

対面の席には初代孫悟空のじいさん（闘戦勝仏）、でっぷりした豚のような人型妖怪のじいさん――初代猪八戒（浄壇使者）、ドクロでできたネックレスを首からかけた髭がぼうぼうのじいさん――初代沙悟浄（金身羅漢）、蓮の花を思わせる衣服を着た少年――哪吒太子と、西遊記チームの面々という豪華なメンバーが揃っていた！

現西遊記メンバーと初代西遊記メンバーが一堂に会するって感じの席になってる！

現西遊記メンバーは……ヴァーリ以外、全員が顔中に汗を噴き出させており、緊張の度合いが強かった。

まず美猴自体が初代孫悟空のじいさんを苦手にしていたからな。現猪八戒と現沙悟浄ちゃんからしても、各初代の方々は恐れ多いのだろう。

初代沙悟浄のじいさんがパフェを食べながら、ヴァーリたちに訊く。

「最近どうよ？」

美猴が笑みを引きつらせながら言う。

「さ、最近っつーと、どのことをさすんですかねぃ……？」

初代沙悟浄のじいさんが言う。

「おまえさんじゃ要領得そうにねぇな。かといって八戒の子孫はMだし、うちの子孫はJCだしな。てなわけで、リーダーのヴァーくん的にどうよ？」

美猴ではなく、チームのリーダーであるヴァーリに矛先が向いた。しかもあいつ、初代沙悟浄のじいさんに「ヴァーくん」って呼ばれてる……。

ヴァーリが言う。

「三人とも大会の試合でもよく戦ってくれている。……まあ、たまに調子を崩すというのはあるが」

それを受けて、初代沙悟浄のじいさんが言う。

「うちのも、悟空のところも、八戒のところも、才能はあるんだが……若いというか、我慢が足りないというか……」

苦言を呈する初代沙悟浄のじいさんの横で、初代猪八戒のじいさんがパフェを三口ほどで平らげてしまい、店員のアーシアを捕まえて、「これ、おかわり頼むぞい。ちなみに大盛りはあるんかね？」と訊いていた。

初代孫悟空のじいさんが言う。

「ま、儂(わし)らも若ぇ頃はこいつら以上に無茶したがの。ほら、お師匠さまと旅をしていた頃、西梁女人国(さいりょうにょにんこく)で子母河(しぼが)の水をお師匠さまと八戒が飲んでな」

初代沙悟浄のじいさんが思い出して大いに何度もうなずく。

「ああ、あったのぅ、そんなことも。お師匠さまと豚が妊娠しよってな。あそこの水を飲むと男でも妊娠しちまうのさ」

「あの国は女しかいない国でのぅ。いやはや、楽しかったな、悟浄」

「まったくまったく」

女だけの国⁉　……確かに『西遊記』の物語にもそんな話があったかも！　あれはただの作り話だけかと思ったが……。あとで個人的にその辺の話を聞きたいものだぜ！

初代孫悟空と初代沙悟浄のじいさんたちが話すなかで、現西遊記の三人は「……はあ」「なるほど……」と無理矢理相づちを打つしかない様子だった。

その横で初代猪八戒のじいさんは大盛りのパフェにご満悦の様子で、さらに哪吒太子はうっつらうっつらと眠そうにしていた。

そのなかでヴァーリが気になったことがあったようで、じいさんたちに問う。

「……ところで、先ほどの『ヴァーくん』という呼び方は――」

そう口にしたときだった。

「これはこれは、いつもうちのヴァーくんがお世話になっているのです」

ヴァーリの隣にいつの間にか、金髪の美女魔法使い――ラヴィニア・レーニさんが座っていた！　ヴァーリも突然の登場に驚いている様子だった！　俺やヴァーリに気配を感じさせないラヴィニアさんに舌を巻く！　二天龍（にてんりゅう）の近くにいる女性陣は、俺やヴァーリに気づかれない気配遮断のスキル持ちばかりな気がする！

姉代わりであるラヴィニアさんの登場にヴァーリもクールな様相を消し去ってしまい、大いにドギマギしていた。

「ラ、ラヴィニア、どうしてここに……？」

ラヴィニアが言う。

「ヴァーくんがお世話になっている方々とお会いする機会がこうしてできたので、ごあいさつをと思ったのですよ」

これに初代孫悟空のじいさんが笑いながら言う。

「カカカ！　まあ、氷姫の嬢ちゃんとは先日も偶然会ったけどのぅ。そのときにも白龍皇（はくりゅうこう）――ヴァーくんが世話になってるってのぅ」

それを聞いて、ヴァーリは顔を手で覆い、耳まで真っ赤にしていた。

学校や仕事先で世話になっている友人知人に家族の者があいさつしに行ったら、そりゃ恥ずかしいよな！

じいさんたちが「ヴァーくん」呼びになっていたのはラヴィニアさんとの邂逅があったからか。

ヴァーリの横では、いままで緊張していた美猴たちは笑いを堪えていた。いまのヴァーリの姿が、笑いのツボにハマったようだった。

そのおかげか、緊張も和らいで、その後は多少和気藹々と初代と現代の西遊記メンバーが話し込んでいるのだった。

――という組み合わせがあれば、他の日では……。

「ねぇ、マネージャーさん。私、何番目の女になれそうかしら？」

「ちょ、直球ですわね……」

とんでもない会話をしているロイガン・ベルフェゴールさんとレイヴェルの組み合わせもあった。

……なんだか、いきなり合流できそうにない雰囲気なので、離れた席で会話を聞くしかない俺。

ロイガンさんが言う。

「私、ベルフェゴール家を追放されているも同然だから、お嫁にもらってくれるところは必須なのよね。けど、歳が離れすぎているでしょうし、やはり、元人間の男性からしたらおばあちゃん同然よね」

レイヴェルが答える。

「それに関しては問題ないかと。人間の殿方の感性からしますと、外見がお若ければ恋愛対象として十分に見てくれますわ」

「という話はよく聞くけれど……」

息を吐くロイガンさんは、何かを思いついたのか、ふとこうレイヴェルに問う。

「ところで、マネージャーさん。やっぱり、マネージャーともなると、あらゆる面で面倒を見てあげるのよね？」

「もちろんですわ！　朝も夜も、どんなところでも、どんなことでも、あの方を支えるのが私です！」

自信満々に言うレイヴェルに対して、ロイガンさんが意味深に微笑む。

「では、そっちのほうも？」

「そっちのほう……？」

ふと考え込むレイヴェルは、何かに思い至ったようで、かーっと顔を真っ赤にさせてしまった。

「そ、そ、そそそそそんなことは……してませんわっ！」

上ずったレイヴェルの声音。

レイヴェルの反応が楽しいのか、ロイガンさんが楽しげに問う。

「けど、将来的には？」

いっそう顔を赤くするレイヴェル。

「しょ、将来的には………」

「というか、いま彼に求められて、拒否できる？」

「きょ、拒否……そ、それは……」

「そこを否定したら、ダメなのではないかしら？」

「……あ、あううぅっ……」

沸騰するぐらい顔を赤くするレイヴェル。

「……卑猥すぎます！　ロイガンさま！」

「あら、私はエッチなことを質問したつもりはないわ。そっちのほうって、何を想像したのかしら？」

イタズラな笑みを浮かべるロイガンさんにレイヴェルは目をぐわんぐわん回していた。

なんだか、俺が出づらい雰囲気になっちゃったけど……妖艶(ようえん)なロイガンさんと、かわいい反応のレイヴェルが見られて良かったと思う。

さらに別の日では——。

「幾瀬(いくせ)さんは大学では、何かサークルに入っているのかしら?」

「一応、料理を研究するサークルに籍だけは置いているけど、顔を出すことは少ないかな。任務やら、バーテンやらでね」

リアスと幾瀬さんがそう話す。

俺とリアス、それに幾瀬さんという珍しい組み合わせだった! リアスにとってみれば、幾瀬さんは自身の『女王(クイーン)』朱乃さんのはとこでもある。

リアスと幾瀬さんがちょうど大学生トークをし始めたのだ。

二人の会話に入ろうかと思ったけど、とても珍しいので気になって横でしばらく話を聞いてみたくなってしまった。

二人のしている会話は大学生らしく、大学についてのことのようだ。

リアスが言う。

「大学で日本文化研究会というものを作ったのはいいのだけれど、研究のために日本の各地においそれと旅行に行けないのよね……」

「メンバーは？　朱乃ちゃんのほかは一般のヒトが部員？　全員女性なのは噂で聞いているけど」

「私たちの事情を知っている娘たちばかりよ。だからなの。お家の事情が特殊なケースも多いから、日本の有名どころとなると……」

「ああ、魔除けの類や異能力者避けの結界、術式が張られていることもある、か」

幾瀬さんの言葉にリアスはうなずいていた。

「……各勢力との同盟以降、『D×D』に身を寄せている私や朱乃は特例で許されることもあるのだけれど……」

「それ以外の異能力者、または特異な力の一族は日本の名所に行きづらいこともあるってことか」

「そうなのよ。それもあったものだから、朱乃経由で姫島家……五大宗家とその辺りを少し話せればと思っているのよね」

「あー……。五大宗家は……相当に面倒くさいよ？」

幾瀬さんは苦笑しながらそう言っていた。

リアスも苦笑いしていた。

「経験者は語る、かしらね」

そんな大学生同士の会話をリアスの横で聞いている俺だった。

このようにこの喫茶店に来ると、本当に珍しい組み合わせでの会話が聞かれて、非常に楽しい。

しかし、時には重苦しい空気が流れる組み合わせもあった。

その場面に俺は出くわしてしまったのだ。

「…………」

「…………」

とある日のこと、俺は木場と木場の同志であるトスカさんの三人で喫茶店を訪れたのだが……そこに出くわしたのが、白髪の男の子——シグムンドだった。

シグムンドは、木場と出会うなり、大胆にも木場の前の席に陣取った。じーっと、木場に視線を注ぐ。かなり、複雑そうな表情と瞳の色だった。

初めて出会ったときは、恥ずかしそうにトイレの扉に隠れていたのに……今日に関しては木場に強く興味をひかれている様子だ。

俺とトスカさんは、なんとも言えない空気に緊張するしかない。木場とシグムンドを交互に見るが、困っている木場と真剣なシグムンドはなかなか会話が弾まない。

「えっと……シグムンドくんだったかな……僕に何か用なのかな？」

木場が困り顔でそう訊いても――、

「………………」

シグムンドは無言のままだ。

このままでは会話が発展しそうにない。――が、無闇に突っつくのもアレかなと思い、俺とトスカさんは空いている席に店員のリントさんを呼んで、事情を訊くことにした。

「……あれは、どういうこと？」

俺は木場のほうに視線を送りながら、リントさんにそう訊く。

リントさんが言う。

「シグっちはジークのセンセを尊敬していたんス。なので……まあ、複雑かなーと」

……あー、そりゃ複雑だ。木場はそのジークのセンセことジークフリートが持っていた魔帝剣グラムを引き継いでいるからな……。しかも、木場はジークフリートを倒してしまっている。

ジークフリートを尊敬しているというシグムンドからすれば、木場は仇……になってしまうのかな？

リントさんが朗らかに言った。

「木場きゅんパイセンは、シグルド機関からするとなかなかに縁の深いおヒトってことになりますからな。フリードのアニキとジークのセンセを倒して、グラムもゲットしているので。さらに――」

リントさんの視線がトスカさんに行く。

「同志の方、トスカのアネキもシグルド機関の出ですからな。本当に木場きゅんパイセンはうちの組織と縁がお有りっス」

これを聞いてトスカさんが言う。

「あ、あの、リントさん……そのアネキというのは……」

「いやはや、年齢的に自分と同年齢か上の方だと思うんで、同機関の出ですし、姉妹も同然！　アネキと呼ばせてくださいっス」

「で、でも、私は……眠っていた期間もあるから……」

「いえいえ、アネキはアネキっスよ」

「……は、はぁ……」

リントさんに対して、反応に困っているトスカさんだった。

さて、木場とシグムンドを見守っていると、ようやく動きがあった。

シグムンドから切り出したのだ。

「……グラム……持っていると聞いたので」

「うん。いまは僕が主だね」

「……元は、ジークフリート先生の剣……」

「そうだね」

「……ジークフリート先生は……悪いヒト、でしたか？」

なかなかに直球な質問だ。ジークフリートを尊敬している少年に対して、どう答えるべきか。

それについて、ジークフリートを倒した本人である木場は答えないといけない。

木場は落ち着いた口調で返す。

「彼には彼なりの信念があったと思う。――けど、僕にとっては敵だった。だから、倒した。でなければ、僕たちがやられていたかもしれないからね」

木場の真摯な答えにシグムンドは顔を伏せながら言う。

「俺は……先生のこと、悲しいヒトだったと思う。強かったから、グラムに選ばれたから……。だから、むかしの機関では誰にも頼ることができなかったのかなって」

「……あの頃の教会の仕組み、か……。……確かにね」

木場の瞳は悲哀に満ちていた。ひと昔前の教会では……悲しい出来事がたくさんあったからな……。木場とトスカさんをはじめ、『聖剣計画』の同志たちはそれの犠牲になった。

「シグムンド……くん、キミは誰かに頼ることはできるかい？　頼れるヒトはいるかい？」

木場の問いにシグムンドはうなずく。

それを聞いて、木場は微笑む。シグムンドの現状について、現在の教会の仕組みについて、安心したのだろう。

シグムンドは意を決して、こう宣言した。

「俺、グラムの次の使い手になるのが夢、です。だから、いずれ、イザイヤさ……木場さんに挑戦します。ジークフリート先生以上のグラム使いになる。なりたい、です！　そ、それが英雄シグルドの子孫である俺の……夢、です！」

――っ。

……それが白髪の男の子の夢、野望か。

そのことを聞いて、木場は驚きながらも、柔和な笑みを作った。

「わかったよ。僕も負けないように精進する」

木場からそう告げられたシグムンドは、パァと一気に明るい笑みを見せた。

「ぐすっ。よ、よかったっスなぁぁぁぁ、シグっちぃぃぃっ！」

あららら！　俺の横で珍しくリントさんが、号泣してるぅぅっ⁉

シグムンドがリントさんのもとに歩み寄る。

「リントねーやん。俺、言えた」

「うんうん。見てましたぜぇっ！　立派になりましたなぁ、シグっちぃ！」

「ねーやん、泣きすぎ」

重苦しい空気で始まった会話も、こうしてほんわかするやり取りで終わったのだった。

木場とトスカさんは別の用事があるというので、先に帰ることになり、俺はアーシアがお手伝いを終えるまで店内で待ち、一緒に帰宅することにした。

——と、そこに現れたのは！

「あら、兵藤一誠くん」

メガネをかけた大公アガレス家次期当主であるシーグヴァイラ・アガレスさんだった！

「シーグヴァイラさん！　お、お茶ですか？」

「ええ、ここで一休みしたあとで、兵藤家に行くところでしたので。ちょうど、よかった。あなたに用事があったのですよ」

「よ、用事、ですか？」

シーグヴァイラさんがメガネをキラリと輝かせると俺の手を引き、とあるテーブルに座らせた。すると、シーグヴァイラさんは手元から小型魔方陣を展開させる。

そこから現れたのは、『機動騎士ダンガム』のプラモデルだった！　随所に手が加えられており、細部にまで見事な塗装が施されていた！

「あなたが『ダンガムベース』で買ってきてくれた限定のダンプラをようやく完成させましたので、一度、見てもらおうと思ったのです」

『ダンガムベース』とはお台場に設けられた『機動騎士ダンガム』のプラモデル専門のメーカー直売店だ。

先日、シーグヴァイラさんの頼み事を叶えるため、俺はそこに行き、限定のダンプラを買って送ったけども！

シーグヴァイラさんはテーブルの上で魔方陣を展開させ、さらにダンガムの資料を山ほど出現させる。

完成させたダンプラを見せながら、資料との照らしあわせが始まるぅっ！

シーグヴァイラさんが熱く語り出す！

「設定に倣って、細部にまでこだわりを持ったつもりです。ここ！　このバックパックのところですが、この資料だと、ここにサーベルラックはないのですが、後年に出たこの資料を見てみると、付け加えられているのですよ。さらに脚部のスラスターも資料ごとに解釈が違いまして、私としましては初期設定のほうが好みで――」

……かくして、俺は閉店間際までシーグヴァイラさんのダンガムトークに付き合うことになった――。

この喫茶店、珍しい組み合わせや感動する出会いもあれば、ダンガムトークが展開することもあるってね！

ちなみにこの喫茶店の名前は『C×C』となった。理由は、Cafe、Cleric（聖職者）、Club、Community、Combinationなど、Cが頭につく単語からだ。命名はミラナ・シャタロヴァさんだった。

チーム『D×D』の名の由来のひとつに「Dのつく単語」からってのもあったから、ピッタリだと思った。

これからもこの『C×C』で色んな出会いが見たいし、体験したいもんだぜ！

Life.6　開業！　グレモリー不動産！

とある休日のことだ。

俺とリアス、朱乃さん、レイヴェルの四人は兵藤家地下三階にある転移用の部屋で、来客がジャンプしてくるのを待っていた。

前夜にリアスから、こんなふうに言われている。

「冥界から、お客さんが来るの」

「お客さん？　悪魔の？」

俺がそう訊くと、リアスはうなずく。

リアスは続けてこう言った。

「ベルゼブブ、アスモデウスの関係者……つまり、アスタロト家とグラシャラボラス家からのね」

冥界——悪魔世界の頂点である四大魔王、ルシファー、ベルゼブブ、レヴィアタン、アスモデウス。世襲ではなく、襲名制になったため、それらの魔王を輩出した家が四家ある。

グレモリー、アスタロト、シトリー、グラシャラボラスだ。

この四家は、純血の上級悪魔七十二柱のトップたる大王バアル家、大公アガレス家に並ぶとされ、六家は冥界でも特別な名家となっていた。

その名家であるアスタロト家とグラシャラボラス家から、来客がある……。しかも、二代目ルシファーであるサーゼクス・ルシファーさまを出したグレモリー家の次期当主リアスを頼って――。

……シトリー家――ソーナ先輩なら、リアスの幼馴染(おさななじ)みだから、俺たちオカ研メンバーとも見知った仲ということもあり、フレンドリーに応対できるけど……。

リアスの口ぶりからすると、珍しいお客さんということなのだろう。

そんな前夜の出来事があったなかでの迎え入れ態勢だった。

部屋で数分待っていると――床の巨大魔方陣が光り出して、誰かが転移してきた。

転移型魔方陣でジャンプしてきたのは、四名の男女であった。

一番目立つのは、長い金髪（毛先のほうは青味がかっている）をしていて、切れ長の目をした美少女。同い年ぐらいだ。貴族らしいドレスを着ていた。

何よりもおっぱいがリアス並みにデカい！　プロポーション完璧じゃないか！

切れ長の目の子は、手には雅(みやび)な扇子を持っていた。なんだか、身にまとう空気から、高飛車っぽいものを感じる。性格キツい子的な……。

その少女は、傍らにスーツを着た細身の男性（イケメン！）を従えていた。雰囲気から、少女のお供って感じだ。身にまとうオーラはなかなかのものでいかにも護衛だなって。

切れ長の目の少女の奥には——美少女がもう一人！

こちらは、銀髪をサイドアップにした小柄な子だった。見知らぬ学校の制服を着ている。小柄だけど……なかなか、立派なお乳をしていると見た！　切れ長の目の子ほどではないけど、かなりのものをお持ちで……。

（……イッセーさま、変なところに視線を集中させすぎですわ）

レイヴェルが小声で俺に注意をしてきた。

ごめんごめん。

けど、俺としてはどうしても初見の女の子のお乳に目が行きがちというか……。

銀髪をサイドアップにしている小柄な子は、お供にスーツを着た背の高い女性を伴っていた。こちらも美女じゃないか！　スーツの男性と同じく、身にまとうオーラから、銀髪の子の護衛と見受けられる。

二人の美少女が、それぞれにお供を従えて転移してきたってことだな。

切れ長の目の美少女が、俺たちに会釈しながら、あいさつをしてくれる。

「ごきげんよう、チーム『D×D（ディーディー）』の皆さま。わたくし、繰り上げでアスタロト家次期当主になりましたラティア・アスタロトと申します。初めての方は、どうぞお見知りおきを」

――っ！

アスタロト家の、じ、次期当主さま!?

この情報に驚く俺！　当然だ！　以前のアスタロト家次期当主は、ディオドラ・アスタロトってクソ野郎だったからな。

『禍の団（カオス・ブリゲード）』に協力して、俺たちに牙を剝（む）いた。結局、裏切られて殺されてしまったけど……。

その後、アスタロト家は次期当主であったディオドラがテロに加担したということで、当主が解任の上、次期魔王を輩出する権利も失うという厳しい状況だったんだけど……。

そっか、新たな次期当主が決まったわけだ。だから、彼女――ラティアさんは、「繰り上げで」と言ったのだろう。

ラティアさんは、リアスに意味深に微笑む。

「お久しぶりね、リアスさん」

「ええ、そうね。ラティア、ごきげんよう」

……リアスの反応からすると顔見知り、というか、知人って感じだな。

訝(いぶか)しげに見ていた俺にリアスが説明してくれる。

「彼女、ラティアは私が駒王学園(くおうがくえん)に来る前……冥界時代の知り合いなの。年齢も一緒よ」

――っ。

おおっ、そういうことだったのか！　リアスが日本へ来る前のお知り合い。貴族同士だし、魔王を輩出した御家同士で交流を持っていたのだろう。社交界とかでね。

年齢がリアスと同じということは、俺よりひとつ上の学年。年上のお姉さま！

レイヴェルが小声で俺に補足説明をくれる。

(ラティアさまは、アスタロト家の分家の出でして……アジュカ・ベルゼブブさまの姪御(めいご)さんですわ。ちなみにですが、ラティアさまのお母さまは大公アガレス家の出身だったりします)

アジュカ・ベルゼブブさまの姪っ子さん！　そりゃ、すごい。しかもお母さんが……シーグヴァイラさんの身内ってことか。

ラティアさんのお母さん、ダンガムマニアってことはないよね？　ちょっと心配になる俺だった。

次に銀髪をサイドアップにしている女の子があいさつをしてくれた。

「ボク、イリユーカ・グラシャラボラス。なんだか、グラシャラボラス家次期当主なんだって。よろしく」

ボクっ娘だ！　顔に感情を見せないポーカーフェイスだ。

って、こちらも次期当主さまかよ！　グラシャラボラス家も次期当主をどうするかで迷っていたもんな。本来の次期当主が、『禍の団（カオス・ブリゲード）』の旧魔王派に暗殺されたから、次期当主の座は空席のままだったはずだ。

一応、ゼファードルってガラの悪い奴が候補者だったんだけど、サイラオーグさんとレーティングゲームで試合をして、再起不能になってしまった。

ということもあったけど、ようやくグラシャラボラス家も次期当主を据えられたんだな。

レイヴェルが再び補足説明をくれる。

（イリユーカさんは、グラシャラボラス家の本家出身でして――）

レイヴェルの小声を遮り、イリユーカさんがレイヴェルに声をかける。

「お久しぶり、レイヴェル」

「ええ、イリユーカさんもお元気そうで良かったですわ」

レイヴェルも笑顔であいさつを返した。

俺がレイヴェルに訊く。

「……リアスとラティアさんみたいに知り合い？」

「幼稚舎からの同級生です」

レイヴェルがそう答え、

「レイヴェル、転校しちゃったけど同級生でした、はい」

イリユーカさんも続いた。

幼稚園時代からの同級生か！　レイヴェル、いまは駒王学園に転入しちゃったからな。

それまでは同じ学校の同級生だったわけだ。

ってことは、レイヴェルと同い年で、俺より一学年下ってことになるな。

リアスが言う。

「イリユーカは、悪魔側の冥界――首都リリスにある名門学校に通っているの」

イリユーカさんが制服を着ているのは、そのせいか。

その後、ラティアさんとイリユーカさんは従えているスーツを着た男女を、それぞれの眷属の『騎士』であることを説明してくれた。

リアスをはじめ、上級悪魔の『王』はどこかに赴くときに『女王』か『騎士』のどちらか、あるいは両方を付き従えていくことが慣わしになっているしな。

――という俺的に予想だにしていなかった、アスタロト家、グラシャラボラス家の次期当主さまの美少女二人を迎え入れての展開だったわけだけど……。

なぜ、この二人の美少女貴族さまが兵藤家を訪れたのか、リアスがあらためて語る。

「実は、先日、悪魔政府――ベルゼブブさまサイドから、連絡があったの。アスタロト家とグラシャラボラス家、両家の次期当主が、日本にも拠点を持つことになったため、協力してほしい、と」

俺がそれを受けて驚きながら言う。

「えっ、このお二人も、リアスやソーナ先輩みたいにこの国で悪魔としての活動拠点――縄張りを持つってこと？」

うなずくリアス。朱乃さんも驚いていないし、情報は『女王（クイーン）』である朱乃さんを通して、リアスにいったのかな。

ラティアさんが言う。

「わたくしとイリューカは、それぞれで人間界の他の国で活動拠点を持っていたのだけれど、このたび、上の采配でこの国にも拠点を置くことになったの」

ラティアさんに俺が訊く。

「上の采配……どういう経緯があったんですか？」

ラティアさんが閉じている扇子をあごに当てながら言う。

「ルシファーとレヴィアタンを輩出したグレモリー家とシトリー家の次期当主が、揃って日本に拠点を持ち、チーム『D×D』にも属しているということもあって、同じくベルゼブブとアスモデウスを出しているアスタロト家とグラシャラボラス家の次期当主も、日本にも拠点を持つべき……という意見が上のほうで出たようでして、見識を広げる意味と、経験を積む機会ということで、わたくしとイリューカがこの国で拠点を持つことになったのよ」

うなずくイリューカさん。

「あなたたちの噂や功績はボクたちの耳にも入ってきているし、日本はとてもおもしろい国という話も聞くから、拠点を持ってもいいかなって」

なるほど、そういう経緯があったわけだ。

グレモリー家（俺の眷属も含む）とシトリー家が駒王町周辺に拠点——縄張りを持っているから、（政府の思惑もあって）他の二家もそれぞれの次期当主をこの一帯に住まわせてみたいとなったのかな。

リアスがラティアさんとイリューカさんに訊く。

「この一帯は、敵対組織に侵入されたり、監視されたりで危険でもあるわよ？　それはあなたと家は了承しているのね？」

そうなんだよね。この一帯はチーム『D×D』のメンバーが多く住んでいて、すごい戦力の反面、敵対組織からも狙われている。

実際、この町は何度も何度も戦闘の舞台となっていた。

襲撃される可能性も覚悟の上でラティアさんとイリューカさんはこの地に拠点を構えるのか？　リアスはそれを確認したかったのだろう。

ラティアさんとイリューカさんは言う。

「信用を失ったアスタロト家が再び隆盛を極めるには、それぐらいの危険は承知の上です。デメリットを覚悟の上でメリットを取るわ」

「ラティアと同じく。けど、それ以上にいい経験にもなるだろうし。不謹慎だろうけど、楽しそうって思いもあったり」

……それぞれの思惑があるものの、危険は承知で経験を積みたいってことか。

特にラティアさんの瞳は覚悟が決まったヒトのそれだった。ディオドラのせいで信用を失ったアスタロト家の株を少しでも上げたいのだろう。

リアスはそれを確認して、強くうなずいた。

「わかったわ。では、二人が拠点にしたい場所を探しましょう。すでに私とレイヴェルでお抱えの不動産屋に頼んであるから、物件探しといきましょうか」

二人の決意を見て、リアスはそう言った。

ラティアさんとイリューカさんもリアスの言葉を聞いて、笑みを見せた。

——と、ラティアさんが俺のほうに視線を送り、こう言ってきた。

「兵藤一誠さん。あなたのご眷属であるアーシア・アルジェントさんとお会いしてもよろしいかしら?」

「え? ええ、アーシアに確認を取りましょうか」

俺がそう言うと、ラティアさんは真剣にこう述べる。

「アスタロト家の次期当主として、前次期当主であったディオドラの非道をお詫びしたいの。当時の『王』であったリアスさんと、いまの主である兵藤一誠さんにもどうか謝罪させてちょうだい」

そのように口にするラティアさんは、高飛車なイメージとは裏腹の真摯な対応だった。

突然の話に俺は驚くけど——。リアスが耳打ちしてくる。

(いい子よ、ラティアは。一見、近寄りがたい雰囲気をまとっているけれど、アジュカ・ベルゼブブさま同様に、階級による差別意識はまったく持っていないわ。分家の教育なのでしょうね)

そうか。高飛車そうなのは見た目だけで、根はめっちゃいいヒトってことね。

アスタロト家の分家は、貴族社会のなかでもグレモリー家、シトリー家同様にリベラル派なんだろうな。

それを受けて、俺は——。

「わかりました。アーシアに話してみます」

そう快諾して、アーシアのもとに行くことになった。

——という一場面がありながらも、俺とリアス、朱乃さん、レイヴェルは、ラティアさんとイリューカさんの拠点探し——物件探しをすることになったのだった。

ラティアさんとイリューカさんを迎え入れて、兵藤家で軽くお茶会（アーシアへの謝罪もあった）を済ませたあとで、俺とリアス、朱乃さん、レイヴェル、そしてゼノヴィア（拠点探しに興味があって付いてきた）の五人は、客人四名を連れて、グレモリー家とシトリー家、さらには堕天使組織であるグリゴリも贔屓にしている不動産屋のもとに行くことに。

その不動産屋は最寄りの駅にもあり、駒王町を含め、この一帯にいくつか支店がある。

基本一般人に物件や土地を紹介するのが業務なのだが、グレモリーやシトリー、グリゴリと付き合うようになってからは、異能を持ったヒトや異形とも取り引きをするようになったとか。

というわけで、俺たちは最寄りの駅にある『明王不動産』に来ていた。リアスとの会話に何度か出たことがあった不動産屋だけど、何とも不動明王を思わせる名前だよね。

なかに入ると支店長の中年男性が出てくる。

「これはリアスさん。よくお越しになられました」

「ごきげんよう、店長。例のお客さんを連れてきたわ」

「はい、では奥のほうに」

俺たちは奥の……てか、地下の一室に通された。

どうにも日中は一般の方も利用しているので、異能者と異形、超常的な存在は、専用の一室で応対とのことだ。

地下まで行く途中で、店長さんから、

「地下の応接室は、グレモリーさんをはじめ、アザゼルさんにも出資して頂きましてね。まさか、一夜で地下付きの店舗になるだなんて夢にも思いませんでした。いやー、異形の方々は不思議な力で物件を一夜で変えてくださるんで不動産屋も建築会社も形無しです」

という異形あるある話を聞きつつ、地下の一室に入っていく。

……ま、寝ているうちに一軒家が地上六階地下三階の大豪邸に改築増築って具合に悪魔も堕天使もぶっ飛んでいるからね。例のエロ部屋の設置も不動産屋の観点からしたら大概だよな。

地下の広い応接室で、俺、リアス、朱乃さん、レイヴェル、ゼノヴィア、ラティアさん(と男性『騎士(ナイト)』)、イリューカさん(と女性『騎士(ナイト)』)が座り、店長さんと若い男性従業員さんのもと、資料を渡されていく。

「先に伺っていた情報から、ピックアップさせて頂きました」

ラティアさん陣営とイリューカさん陣営が、それぞれ資料に目を通していく。リアスやレイヴェルも資料に目を落としながら、「これはあれね」「そうですね、そんな具合ですわ」という話し合いをしていた。

俺も資料に目を通すが……図面を見ても、広い狭いぐらいしかわからない！　土地の広さや駅から何分、備わっている設備はどんなものかという情報も記載されているけど……この手のものに疎(うと)いから、何とも言えない。

いま使っている『兵藤一誠眷属』専用の事務所もアザゼル先生から譲られただけだからな……。

――と、隣のゼノヴィアは神妙な面持ちで物件情報を見ていた。

「わかるのか？」

俺がそう訊く。

ゼノヴィアは難しい表情で言った。

「わかりたい。こういう情報は将来絶対に役に立ちそうだしね」

なるほど。そりゃそうだ。俺もわかりたいかも。本当、勉強熱心な娘だ。

「この物件は――」

ラティアさんとイリューカさんが不動産屋さんに話しかけ、

「はい、ここは――」

店の方も対応して、ひとつひとつ丁寧に答えていた。

物件の情報をある程度見たところで、リアスがラティアさんとイリューカさんに訊く。

「どう？」

訊かれた二人は答える。

心惹かれるものがなかったのか、ラティアさんが言う。

「ただでさえ、不動産の知識に明るくない上に人間界の価値観もあるでしょうから、一概には言えないけれど……『これ』っていうのは資料だけでは見つからないわ」

次にイリューカさんが口を開く。

「とりあえず、最低限の条件として教会やこの国の寺社が近くにないところがいいかも」

そうだよね。悪魔だから、教会や寺社が近くってのは色々とアレか。とはいえ、三大勢力は和平を結んだから、むかしほどの勢力間での諍いは無くなったんだが……。気になるっちゃ、なるか。俺の事務所もそういうの近くにないし、アザゼル先生もあの物件をゲットするときにその辺りの考慮もしたんだろう。

店長が言う。

「ええ、もちろん、今回見て頂いている資料はすべてそれらを除いたものですので、ご安心ください」

おおっ、さすがリアスやアザゼル先生が贔屓にしているところだ。そういうのは先に織り込み済みか。

レイヴェルがラティアさんとイリューカさんに言う。

「私も特別物件情報に詳しいわけではありませんが、人間界に拠点を持つのでしたら、駅近が良いかと。車があろうとなかろうと便利です」

「駅近ってどのぐらい？」

イリューカさんがレイヴェルに訊く。

「マンションなら十分以内がベスト。一軒家でしたら、十五分以内ですわね」

「うーん、高層マンションとかもいいけれど、人間界で一戸建てというのもありなのかしら」

ラティアさんが扇子をあごに当てながらそう言う。

レイヴェルが答える。

「一戸建てを購入となりますと、駅から十五分以上は資産価値も下がりますし、売りに出すときにも物件情報サイトで振り落とされやすいですわね。マンションはセキュリティが高いことが利点ではありますが、購入となりますとマンションの組合に加入——」

レイヴェルはこの手の情報にも詳しいだろうからな。ラティアさんとイリューカさんの質問にも不動産屋さん並みに答えている。

リアスがふと耳打ちしてくる。

(あなたのために蓄えた知識よ)

(わかってる。本当、ありがたい)

レイヴェルには頭が上がらないよ。俺にとって、最高のマネージャーさ!

ふと、リアスが店長に訊く。

「店長、事故物件なだけで家や土地そのものは優良なものはあるかしら?」

「え、ええ。もちろんです」

「それなら、その資料も見せてちょうだい。事故物件はどんなに曰く付きでもいいから。あと、廃工場、ビルとかの資料も見せて頂けるとうれしいわ」

これにレイヴェルが飛びつく。

「なるほど、事故物件ですわね！」

ゼノヴィアも身を乗り出した。

「おおっ、その手があった。私も教会のエージェント時代に事故物件にはよく赴いていた。確かになかには、ヒトが寄りつかないのが勿体ないぐらいにいい家や土地もあった」

男性従業員が一階から事故物件の資料を持ってきて、俺たちに配っていく。

おっ、駅近の割に広い家が出てくるもんだな。あっ！　これなんて、屋敷だ。そういや、有名な幽霊屋敷とか、オバケの出る廃工場とか、何駅か先のところにあるって学校で噂を聞いたこともあったな。

事故物件を見て、ラティアさんとイリューカさんはそれぞれ興味がそそられるものがあったようだ。

「このお屋敷いいわね」

「このビル、いいかも」

というふうにラティアさんは広い幽霊屋敷を、イリューカさんはビルの物件が気になったようだ。

それを確認してから、店長は怖々とした表情で語る。

「アスタロトさんがお選びになったお屋敷は、建てた資産家をはじめ、ここに引っ越してきたヒトも怪奇現象に苛(さいな)まれて、良くない結果になっています。肝試し感覚で侵入したヒトも幽霊を見たとか、化け物を見たとかでその後、謎の体調不良を起こしたり、うちが預かっている物件のなかでも最凶クラスです」

続いて男性従業員が、ビルの説明をしてくれる。

「このビルは、霊媒師の方も近寄ることすらしないものでして、ここに店舗を構えた者は皆、髪の長い女性と子供の幽霊に取り憑(つ)かれると言われています。うちの従業員もここの担当になったあと、謎の体調不良を訴えはじめ、その後、『女が襲ってくる』『子供が物陰から俺を見ている』などと言い、心を壊してその手の病院に……」

屋敷もビルもマジで曰く付きなんだな。幽霊による怪奇現象、呪い？　取り憑かれるってのは怖いもんだな……。

そんなふうに思慮していると、リアスが俺の顔を見て小さく笑う。

「イッセー、いまの話を聞いてちょっと怖いと思った？」

「元人間だから、そりゃ怖い話を聞けばね。でも、まあ……んなもん、俺たち――悪魔には関係ないってことなんだよなぁ」

俺が苦笑いしながらそう言うと、リアスは力強くうなずく。

「そうよ。私たち、伝説のドラゴンや他勢力の神クラスとも戦ってきているのよ。怨霊だろうと、怪物だろうと、今更なの」

朱乃さんが「うふふ」と小さく笑いながら続く。

「物件のお祓いを私たちがしつつ、そこを内見するって感じかしらね」

ゼノヴィアも乗り気になって言った。

「聖剣で悪霊退治は得意だぞ」

レイヴェルもうなずいて言った。

「上級悪魔複数名を相手にできる怨霊がいるか怪しいところですが、行ってみましょう」

――と、意見が合致したところで、いままで散々怪物や神を相手にしてきた俺たちが、事故物件に取り憑く幽霊を退治することになった。

俺たちが不動産屋さんに連れられて最初に訪れたのは、ラティアさんが興味を持った屋敷だ。

駅からそれほど離れていないのに土地は広々としており、庭も広く、背の高い塀にも囲まれている。優美な門を開いて、庭を歩き、寂れた屋敷の前に立つ。

おおっ、屋敷からよくないオーラを感じるな。オーラの質から悪霊か妖怪って具合だ。

「むむ、悪い幽霊がいそうね」

屋敷を眺めながらそう言うのは、イリナだ。「悪霊退治をするから手伝え」とゼノヴィアに呼び出されたのだった。

「一応、ついてきました。お役に立てるかわかりませんけど」

アーシアもイリナについてきていた。

不動産屋の若い男性従業員が屋敷を怖々と見ながら言う。

「もう五年はヒトが住んでいないと思います。一応、ハウスクリーニングや庭の手入れは定期的にやっておりますが……業者の方もあまり足を踏み入れたくない物件になっておりまして……何度も清掃の会社を替えています」

清掃の業者さんが掃除するだけでも怪奇現象が起こるってことかな。

それを聞いてリアスが言う。

「いい清掃員がいるから紹介するわ。お掃除のついでに悪霊も軽く退治してくれるでしょうし」

あ、俺の脳裏に聖槍を持った清掃員が思い浮かんだぞ。確かにあいつなら、掃除もしてくれるし、幽霊も余裕で消し飛ばしてくれるな。

という会話もしつつ、除霊＋内見のスタートとなった。

まずは玄関ホールに入る。さすがにいまの兵藤家の玄関ホールほどじゃないが、それでも十分に広い。

「あら、思ったよりもちょっと狭いけれど、いい感じの雰囲気ね。人間界に拠点を持つなら、このぐらいの広さで十分かしら。庭もあることですし」

ラティアさんも玄関ホールを見て、ちょっと気に入っていた。……これで狭いって、さすが上級悪魔のお姫さま！

ふと、視界の隅に不穏な影が映り込む。二階の壁際から、人ならざるモノが顔を覗かせていたが……。あ、落ち武者の幽霊だ。こちらを呪うような顔つきじゃなくて、逆に畏怖するように俺たちを見ていた。俺たちの正体——上級悪魔クラス以上の集まりが来たって、あっちもわかっただろうからな。

それを確認して、ゼノヴィアが聖剣デュランダルを肩に担いだ。イリナも聖剣オートクレールを取り出している。

「うん。この国の古いサムライかな？　ひとつ、お手合わせ願おうか。行くぞ、イリナ」

「悪霊なサムライさんに慈悲があらんことを！　アーメン！　って一応言っておかないとね！」

と言いながら、ゼノヴィアとイリナが二階のほうに駆け上がっていく。

「ゼノヴィア、イリナ、剣からオーラを出しちゃダメよ。出来る限り穏便にね」

リアスが二階に駆け上がるゼノヴィアとイリナにそう言った。

「「了解！」」

ゼノヴィアとイリナがそう答え、すぐに『ひぃぃぃぃっ！』『西洋の悪魔じゃぁぁぁっ！』『天使、怖いぃぃぃぃっ！』という悪霊らしき者たちの悲鳴が二階のほうから聞こえてきた。……悪霊が悲鳴あげてるよ。まあ、伝説の聖剣を握った悪魔と天使が襲いかかってきたら、誰でも怖いよな。

というなかで内見は進み、広い居間を見たり、台所などの水回りもチェック。設備に不備はなかった。

物陰から典型的な江戸時代風の女性霊が、鬼火を発生させながら『うらめしや～』と手を垂れさせて出てくるが、リアスがオーラをまといながら見つめると――『……う、うらめしくないです……』と、いそいそと去っていってしまう。

二階に上がって、上階の部屋もチェックしようというなかで、ふと天井を見上げると逆さで張り付いている上半身が女性で下半身が蜘蛛の妖怪——絡新婦を発見したが……。

俺たちを見るなり、涙目になって、「ごめんなさいごめんなさい！　命ばかりは！」と命乞いをするほどだった。ちょっとかわいいと思ってしまった。

これには俺たちも退治する気を失ってしまった。

俺がレイヴェルに漏らす。

「……俺たち、悪霊にとってみたら、そんなに怖い存在か？」

「それは……あちらからすれば凶悪な人型のドラゴンか、魔王か、という感じでしょうし。普段は、いち怪談のごとく、一般の方を相手にしていたら、そこに突然ラスボスが攻めてきたようなものでしょうか」

……怪談で「幽霊屋敷VS赤龍帝&魔王の妹」なんてのがあったら、もうそれはジャンル的に怪談じゃなくて、ファンタジーか……。

物件のなかをチェックしつつ、ラティアさんが言う。

「リアスさん、ここの幽霊とかその類の方々、退治しなくてもいいかもしれないわ」

——と、意外なことを口にする。そして、ラティアさんはこう続けた。

「ここを拠点にする際の使用人にするわ」

なんと、悪霊＋妖怪ごと屋敷をお買い上げとなったのだった！　剛胆だぜ！


次にイリューカさんの拠点だ。

彼女が望むのは廃墟となったビルだった。六階建てだ。どの階も店は出ていない。テナントはすべて逃げてしまっていて、長らく空いたままだという。霊媒師も怖がって近寄らない上に不動産屋さんの従業員も呪われたという曰くがあるところ。

ビルは駅近くの繁華街の奥まったところにあり、人気も少なく、日中でも薄暗い雰囲気が漂う。ビル自体も嫌なオーラをまとって——いなかった。

『あれ？』

俺たちは異口同音にそう口に出し、首を傾げる。

……情報だと、髪の長い女性と子供の幽霊が祟ってくるって話だが……ビルの外観からは先ほどの屋敷のようなおどろおどろしいものは感じられない。

リアスが訝しげに男性従業員に訊く。

「ここ、すでに除霊されてないかしら？　私たち以前に案内した者が誰なのか、調べることはできる？」

「え⁉　ほ、本当ですか⁉　ちょ、ちょっと、店に確認を取ってみます！」

従業員の方はスマホで店に確認を取る。

しばらくすると、従業員が言う。

「どうやら、去年、アザゼルさんをここにご案内しているそうでして……二週間ほど、ここで内密に除霊の儀式をしていたそうです」

『…………』

アザゼル先生の名前が出てきたことで、俺、リアス、アーシア、朱乃さん、レイヴェル、ゼノヴィア、イリナは顔を見合わせることに！

ここにきて、アザゼル先生の名前が出てくるとは！　明王不動産とは付き合いがあったそうだけど……。

除霊──まではいい。けど、グリゴリの元総督が、ただの除霊だけで二週間もかけるだろうか？　堕天使の元総督を呪い殺せるだけの悪霊なんてのがいるのかどうかも怪しいところだし！　数秒もあれば悪霊を退治できるだろう。指先から光力のビームをビーッって出せばさ。

──となると、絶対にこのビルで何かをしてたんじゃないか、あの先生！

イリユーカさんは気にせず、

「とりあえず、見たいから入ろう」

ビルのなかに入っていく！

俺たちもあとを追って一歩踏み込む。……一階は普通か。そのまま俺たちはイリューカさんの内見に付き合い、一階ごとに上がっていくことになった。

各階のフロアも当然ながらガラガラだ。それを見るたびにイリューカさんは、「ここにあれを置いたり――」「あのテーブルはこの階にして――」と、ゲットする気まんまんで話を進めていた。どうやら、かなり気に入ったようだった。

俺たち兵藤家に住むメンバーは、どこにアザゼル先生のアレなイタズラが仕込まれているかわかったものではなかったため、警戒をしながら最上階まで来ていた。

でも、六階まで特に何もなく――。

俺はこのビルをアザゼル先生が買うとしたら、どこに自分好みの改築を施すか、思慮していた。

……俺が貰った例の事務所は、学習塾に設けられたものだった。そこにたどり着くにはエレベーターで――。

俺は気になったので、このビルに備え付けられているエレベーターに乗った。階層を選ぶ操作盤――ボタンに注目した。

……アザゼル先生なら、この辺に仕掛けてそうだからな。

ボタンの辺りを探っていたら、操作盤の一部に仕掛けがあって……そこをスライドしてみると、なんと！　「B5」って表示が出てきやがった！　ほら！　やっぱり、あの先生はこのビルに仕掛けをしていたよ！

「リ、リアス、レイヴェル！　やっぱり、あったぞ！」

俺は仲間たちとラティアさん、イリューカさんを呼び、エレベーターの仕掛けを見せる。

リアスが怪訝そうに見ながら言った。

「ち、地下五階ってことよね？」

ため息をつく朱乃さん。

「あのヒト、このビルの地下に何か作ったってことよね……？　まったく、こんなことばかりしているのだから……」

呆れるヒトもいるなかで、イリューカさんは――なぜか、ポーカーフェイスから一転してワクワクするように目を輝かせていた。

「アザゼル元総督のイタズラがこのビルにある！」

あー、こういうの好きなタイプか、この娘……。

とりあえず、先生が残していったイタズラを調査する意味でも俺たちは地下五階に降りていく。

「……こ、この物件、知らず知らずのうちに地下五階なんて……」

困惑するしかない不動産屋の従業員。そ、そりゃ、いきなり事故物件に地下が生まれていたら、困るよね。

という一場面があったなかで、俺たちは地下五階に降りる。

なかは暗い。俺たち悪魔は夜目が利くからいいけど、とりあえず、照明をつけるべく、スイッチを探る。程なくしてゼノヴィアが照明のスイッチらしきものを見つけ、パチンと押すと——。

眼前に広がったものを見て、俺たちは仰天する！

そこにあったのは、機械で出来たメカメカしいドラゴンだった！　ファーブニルそっくりだぞ！　メカファーブニルか⁉

これを見たリアス、アーシア、朱乃さんは覚えがあったようで「あー、これ！」と声をあげた。

リアスが言う。

「アーシアがファーブニルと契約するときに、相手をするためにアザゼルが用意したものよ」

朱乃さんが続く。

「グリゴリの研究費を横領して作ったものですわ。あの模擬戦闘で壊れたはず……修理されている状態ってことは、またお金を……」

その話はアーシアからも聞いている。そうか、こいつがファーブニルとの契約時に使ったメカなのね。

アーシアもコレを見て、

「その節はお世話になったロボットさんです」

あ、ボディに「Ｍｋ－Ⅱ」と記されている！　こいつ、メカファーブニル二代目か⁉

先生は、またグリゴリのお金を横領して、こんなものをこのビルの地下に……。

現グリゴリ総督のシェムハザさんが知ったら、怒るだろうな……。

それで、こんなものを見つけたのはいいけど、どうすれば……。とりあえず、グリゴリに連絡するかと思っていたら――突然、メカファーブニルの目が光る！

う、動き出した⁉

驚く俺たちにメカファーブニルＭｋ－Ⅱは、輝く目をこちらに向け……主に女性陣を注視していた。

そして、メカファーブニルは機械的な音声を吐き出す。

『――オ、オ、オ、オ、オオオオ』

オ？

『――オパンティー、プリーズ』

『――っ!?』

メカファーブニルＭｋ－Ⅱの音声に驚愕する俺たち！

――オパンティー、プリーズ!?

リアスが言う。

「い、以前のメカファーブニルはこんなこと口にしていなかったわ」

じゃ、じゃあ、Ｍｋ－Ⅱにする際にファーブニルの特徴を新たに取り入れたってことか！

すると、メカファーブニルＭｋ－Ⅱのボディ各部位が開き、そこから――ワイヤーのようなものが飛び出す！

高速で射出されたワイヤーはリアスをはじめとした女性陣のスカート……のなかに瞬時に届き、すぐに引っ込んでいく！

ゼノヴィアとイリューカさん以外の女性陣が「キャッ！」とかわいく悲鳴をあげて、スカートをおさえるが、それも虚しくメカファーブニルＭｋ－Ⅱは、仕事を完了させていた。

引っ込んだワイヤーの先にあるハンドには、千切れた女性陣のパンツが！

――リアスたちのパンツが取られたっ！

女性陣は、スカートをおさえながら、恥辱に耐えつつ、一斉に殺意の眼差しをメカファーブニルMk－Ⅱに向ける。

メカファーブニルMk－Ⅱは、

『オパンティー、ゲッツ』

と機械的な音声を放つだけだ！

リアスとレイヴェルが顔を真っ赤にさせながら、怒り心頭の様子で俺に叫ぶ。

「イッセー！」

「イッセーさま！」

「『これを壊しましょうッ！』」

重なるリアスとレイヴェルの声！　これに他の女性陣も呼応していた（イリューカさんはちょっと楽しげだったけど）。

ま、そうなるよな！　俺も将来の嫁さんたちのパンツを奪われた……というか、引き千切られては、見過ごすわけにはいかない。

俺も瞬時に真紅の鎧姿となって、メカファーブニルMk－Ⅱに向けて言い放つ。

「俺の将来の嫁さんたちと、嫁さんの知人のパンツを千切りやがって！　ていうか、おまえがファーブニルを似せて作られたのなら、パンツは千切るな！　あいつはそのままのパンツを愛でるドラゴンだぞ！」

俺がオーラを高めながら、そう宣言した。

これを間近で見ていたラティアさんが言う。

「これが噂のおっぱいドラゴンのカッコイイようでエッチな口上というものなのね」

……なんとも反応に困る一言だけど、間違っちゃいないか！

俺の口上を受けて、メカファーブニルＭｋ－Ⅱは戦闘態勢になった。

『オパンティー、ダレニモワタサナイ。オタカラ』

くっ！　パンツへの執念はそれとなく再現されているってことか！　いや、パンツを千切る奴をパンツドラゴンとは認めたくないっ！

そんななかで、俺は俺たち以上のプレッシャーとオーラを放つ存在に気づいた。

俺たちの後方には、いつの間にか、召喚された（勝手に出てきた？）黄金龍君ファーブニルの姿があった！

龍王ファーブニルは、凄まじいオーラを放ちつつ、眼光もギラリと危険な色に輝かせて、メカファーブニルＭｋ－Ⅱを睨む。

『よくもアーシアたんのおパンティー、千切ったな！　千切ったなッッ！　おパンティー、千切るものじゃない！　脱ぎたてをありがたく頂くものッ！』

迫力あるオーラと言動を放ちながらも、その内容は性癖にまみれた酷いものだったけど、ファーブニルは逆鱗状態ともいっていいほどに憤怒の様子だ！

リゼヴィムやクロウ・クルワッハに見せた状態が、まさか、こんなことで三度展開するなんて予想外だったぜ！

『ぶっ壊す！』

『オパンティー、ワタサナイ』

こうして、とあるビルの地下で、パンツを巡る伝説の龍王と二代目メカ龍王の激しい戦いが行われたのだった——。

その後、ラティアさんとイリューカさんはこの一帯に拠点を構えることになった。

ラティアさんは怨霊と妖怪のいる屋敷を、イリューカさんはアザゼル先生がいじったビルを、それぞれ拠点として丸ごと購入したようだ。

さて、あのビルの地下にあったメカファーブニルだけど……。

　見事に俺たち（主にファーブニル）に破壊されて、残骸はグリゴリ送りとなった。こんなことがあったせいか、俺たちオカ研メンバーのなかでふたつの提案がされる。

　ひとつは、不動産屋が抱える事故物件を俺たち『D×D』が担当してみようかということと、もうひとつは――。

　リアスがリビングで皆に言う。

「絶対にアザゼルが残した変な物件って、まだまだあると思うの。明王不動産やグリゴリと連携して、怪しげなところを押さえていきましょう。また、メカファーブニルみたいなものもあると思うし」

『はい』

　これに皆も了解した。

　……そうだよな、この調子だとメカファーブニルMk－ⅡとかMk－Ⅱとかいそうだしな。

　そう思慮する俺にレイヴェルが言う。

「ラティアさまとイリューカさんが、この国の価値観で困っていることがあるそうなので、あとで相談を聞きにいこうと思いますが、どうでしょう？」

　おお、そっちもあったか。

いやはや、おっぱいドラゴンはアザゼル先生の残した怪しげなものやら、パンツの守護やら、上級悪魔のお付き合いから、色々とあって前途多難だ！

よっしゃ、事故物件の対応で、美少女美女の幽霊でも見つけてみるか！

いつも通り、あらゆるお願いを前向きに捉えていこうと思う俺だった――。

「イッセー、日本史の勉強中?」

「ああ、リアス。そうなんだよ。
ちょっとテストも近くて」

「戦国時代ね……そういえば、
織田信長で思い出しちゃったわ。
あの子たちのこと」

「え……あー。そんなことも、あったなあ」

「織田信奈の野望 全国版」とは!?

「――ここはどこだっ!?」

高校生の相良良晴は気づけば戦国時代、
しかも合戦場のど真ん中にいた!!
そこで出会ったのは、うつけ者と
名高い織田家の当主。勝ち気で破天荒、
はだけた着物に種子島を担いだ……美少女!?

「誰よ、信長って? 私の名前は織田信奈よ」

織田家の足軽として仕えることになった良晴は、
戦国ゲームの知識をフル活用させ、戦国世界で成り上がっていく!

著者:春日みかげ　イラスト:みやま零

織田信奈

「天下布武」を掲げる尾張の姫大名。世界を見据えた行動力・発想力を持っている

現代から戦国時代へやってきた高校生。戦国ゲームで培った知識で信奈を支える

良晴に仕える軍師で「今孔明」と渾名される天才。極度の人見知り

半兵衛と同じく良晴に仕える天才軍師。半兵衛をライバル視しているが、詰めが甘いところが傷

頭脳明晰で、銃の達人な姫武将。通称「十兵衛」。お調子者で、空気の読めない一面も……

織田家随一の強さを誇る巨乳な姫武将。通称「六」。脳筋で単純な性格

体は小さいけど、勝家と並ぶ織田家の武闘派。ういろうが好物

シリーズ全22巻
短編集3巻

現代舞台のスピンオフ
「織田信奈の学園」発売中!

Bonus Life.1　戦国☆ブラジャー

著者：石踏一榮（いしぶみいちえい）

それは部活を始める前に、外へ買い出しに行っているときのことだった。

「やっぱり、こっちの和服を着崩したポージングのほうが……！」

「いやいや、こちらの超ミニな丈なナース服も捨てがたいぜ」

コンビニの雑誌コーナーでエッチな本を物色中に他校の男子学生と出くわした。同じ雑誌を手に取って同じ速度で雑誌を読みだし、同じ箇所で「ぐふふ」とエロい顔をしていたため、互いに互いを意識し始めてついにはエロトークとなってしまったのだ。

「うほほっ！　やっぱり、ブルマは永遠の逸品だよな！」

「旧スクだって、この世の終わりが来たって愛され続けると思うぜ！」

「どっちにしろ、おっぱいがデカいほうが見映えするよな！」

「そりゃ、もちろんそうだ！　いや、だが、場合によっちゃ程よい大きさも調和がとれるってのもあるぜ」

「それもそうだな。おっぱいに――」

「そうなると、尻や太もものバランスがポイントに――」

「安産型もいいし、小ぶりのお尻も――」

「貴賤なし！」

普段、エロトークできる男友達なんて松田と元浜ぐらいしかいないし、あいつらの思考と嗜好は知り尽くしていて今更語ることもない。けど、出会って数分足らずの他校の男子とのエロトークは楽しくて楽しくてたまらなかった！

つい口に出してしまう。

「いやー、俺、普段からエロい話できる野郎の友達が少ないから、コンビニの雑誌コーナーで出会ったとはいえ、新鮮でさ」

男子はニヤリと笑んだ。

「俺も最近男とこんな話をしてなかったから助かったぜ。いま、女子の多い集まりに付き合わされることが多くてそういうのは御法度に近いんだ」

「俺も似たようなもんかな……。女子の多い集まりに属するとこういうのはなかなか大手を振って披露できるもんじゃないよな」

お互いに苦笑する俺とエロ男子。

ため息をつきながら雑誌を棚に置くのも一緒だった。ああ、やっぱり、そう簡単にこの手の本を買えない立場にいるんだな。俺も同じだ。これを買って家に帰ったら、雑誌をネタにあれこれ訊かれて、エロ本を楽しむどころじゃなくなるだろう。

……大勢の女子に囲まれて、性癖を訊かれるのってうれしいようで案外キツいものがあるんだぜ……っ！

──と、店員がこちらをちらりちらりと見始めていた。長居しすぎたかな。

「そうそう、俺はこれを買いに来たんだった」

男子はゲーム雑誌を手に取るとそのままレジに行ってしまう。俺も品を入れたカゴを持ってレジへ。二人とも買い物を終えると途中まで共に歩くことになった。

男子は言う。

「実はさ。さっき言った女子の集まりに今日も付き合うことになって、遠路はるばるこの駒王町まで出てきたんだ」

「へー、そうなのか。で、その女子の集まりは？」

「何でも『女子の多い学校に行くから、あんたはダメよ』ってリーダー格の子に言われちゃって、近くの漫画喫茶で待機させられることになったんだよ。あーあ、女子の多い学校っつーから、期待してきたのに、『来るな』の一点張りだもんな……。クソ！　女子が多いなら見るぐらいいいじゃねぇか！」

肩を落としながらも悔しげな男子。

うんうん、わかる、わかるぞ！　女子の多い学校って言われたら行きたくなるよね！

男子はさらに語る。

「ま、何かあったらケータイに連絡くれるっていうし、俺は漫画喫茶でゲーム雑誌を読みながらサンテンドーVIITAの『女信長(のぶなが)の野望』でもやろうかなって」

「歴史戦略ゲームか」

「おう！　俺の得意分野だぜ！　そっちは何かゲームはするのか？」

「まあ、メジャーなゲームは一通り。あとレースゲームは得意かな。もちろん、エッチなゲームとかも」

「俺もエロエロなゲームは好きだぜ！」

二人でガシッと熱い握手を交わしたあとで、横断歩道で別れることに。男子があっちに渡りきったあとで声を張り上げてくる。

「おまえ、名前は？」

「兵藤一誠(ひょうどういっせい)だ！　そっちは？」

「俺は――」

彼が叫ぶ際、その横を大型の車両が通ってしまい、「さ」と「る」という言葉しか聞き取れなかった。

「じゃあな！」

男子はそれだけ言って去っていってしまった。

……さ……る？　いや、いくらなんでも「さ」のつく名字と「る」のつく名前なのだと思う。

しかし、なんだな。コンビニへの買い出しでいい巡り合わせがあったぜ。また、あの男子とエロエロトークがしたいもんだ！

そのように思い巡らせながら、俺は駒王学園へ歩を進めた。

俺は兵藤一誠。こう見えても上級悪魔リアス・グレモリー眷属(けんぞく)の『兵士(ポーン)』にして、悪魔だったりします。

旧校舎の前まで来たときだった。

「へー、古ぼけた校舎ね」

「姫さま、これは旧校舎だそうです。あっちに立派な校舎もありましたよ」

「けれど、趣のある雰囲気があります。九十点」

などと、旧校舎の前で建物を見上げながら話し込む——他校の女子たち！　小学生っぽい子や大学生のお姉さんっぽい人もいるけど、中心にいる茶色がかった髪の娘はセーラー服の女子高生だった。

おおっ、美少女美女揃い！　しかし、旧校舎の前で他校の生徒たちが何用なのだろうか？

——と、長い黒髪の少女がこちらに気づいてツカツカと歩み寄る。

「むっ！　姫さま、見てください！　ここに相良先輩並みにスケベそうな顔の男子がいやがるですっ！」

「た、確かに奴に似ていやらしそうな顔つきだ」

セーラー服の上からでもはっきりわかる大きなおっぱいの女子にまでそんなことを言われてしまう！　ポニーテールで巨乳でセーラー服なんて素晴らしいじゃないか！

ついついおっぱいに視線を向けてしまう。ポニーテールの女子高生は胸元を手で隠して涙目となっていた。

「い、いやらしい目であたしのむ、胸を見るなっ！」

いやらしい目つきでごめんなさいね！　男の性か、俺の性分か、目の前におっきなおっぱいがあったら見てしまうのですよ！

茶色がかった髪の女子高生がポニーテールの子を「まあまあ」と落ち着かせながら、俺に問う。

「あなた、この学校のヒトよね？　この旧校舎に赤い髪の女の人がいるって聞いてきたんだけど……もしかして、あなた、ここの関係者だったりする？」

リアスの客人か。他校の生徒がお客だなんて珍しいな。

「ああ、そうだけど、紅い髪ってーと、リアス……部長のことだな。なんなら、呼んで――」

そこまで言いかけた俺だったが、視界に紅が入り込んだ。

旧校舎の入り口に紅髪の美少女ことリアスと副部長の朱乃さんが現れたからだ。女子高生たちも俺の視線に気づいたのか、目線の先を追ってリアスたちを捉えていた。

「――と、あちらがこの旧校舎の主ことオカルト研究部のリアス・グレモリー部長だよ」

リアスと朱乃さんはニッコリと微笑んで彼女たちに言った。

「ようこそ、駒王学園へ。さあ、入ってちょうだい」

こうして、謎の女子高生グループとの話し合いがスタートすることになった。

部室に集う面々。

こちらはオカ研メンバー勢揃い。あちらは茶色がかった髪の子を中心に、女子高生が三名、女子大学生が一名、中学生と小学生もそれぞれ一名という布陣だ。

俺たちグレモリー眷属——悪魔は、人間界の一定の地区を縄張りとして行動する。悪魔の主な行動は、人間に呼び出されて願いを叶えることだ。たとえば、金持ちになりたいと願われたら、それ相応の代価と引き替えにその願いを叶える。いわゆる等価交換だ。悪魔と言ったら魂と引き替えで願いを叶えてくれるのだろうけど、現在、そこまでの願いを請う依頼者は稀だ。

さらに言えば、最近の人間は魔方陣を描いてまで悪魔を呼び出そうとはしない。そんな非科学的なことを経済大国と言われた現代の日本でやるはずなんてないだろうからな。そこで俺たちは欲がありそうな人間に対して魔方陣の描かれたチラシを街頭などで配り、呼び出されるのを待つ。

おそらく、この女子高生の集まりもそのチラシで俺たちを知ったクチだろう。

お客さんたちにお茶を出し終えた朱乃さんが席に着くなり、こちら側の自己紹介を済ませる。そのあとで、朱乃さんがリアスに事の始まりを話すよう促された。

朱乃さんは語る。

「実は、私のお客さんでぜひともリアス部長にお会いして直接お願いをしたいという方々がいらっしゃって、お話を聞いてみたところ、大変興味深いものでしたから、お招きしたのです」

あ、じゃあ、朱乃さんのお客さんなのか。

リアスが続く。

「悪魔を間近で見たいというものだから。それに軽く話を聞いてみたのだけれど、本当に興味が引かれたものだから、ここに呼んだのよ」

悪魔の存在を開けっ広げにしていいのかなと思ったが……リアスの目が爛々と輝いているのを見て、そんなのはすでにどうでもいいことなのだろうと察しがついた。

茶色がかった髪の女子高生があらためてあいさつをしてくれた。

「はじめまして、織田といいます。こっちの皆はわたしの友達や妹分よ」

織田さんに促されて、さっきの巨乳の子が頭を下げた。

「柴田です。姫……いえ、織田さんと同じ学校に通ってます」

今度は女子大生のお姉さんが微笑む。

「丹羽といいます。教師を目指して奮闘中の女子大学生です」

うん、こっちのお姉さんもおっぱいが大きいな！　いいよね、巨乳の女子大生！

「「……目つきがいやらしい」」

声が重なったのは——小猫（こねこ）ちゃんとあちらの小学生の女子だった！　小猫ちゃんと同じぐらい小柄で、虎柄のニット帽を被（かぶ）っていた。その女子小学生も頭を下げる。

「……前田（まえだ）です。姫さまの妹分やってます」

前田さんはなんとなく小猫ちゃんと似た雰囲気を持っているな。お茶請けに出した羊羹（ようかん）を、小猫ちゃん同様もぐもぐと食べているし。……というか、小柄な小猫ちゃんが見た目的に小学生に見えて……。

「……失礼なこと、考えてませんか？」

じろりと小猫ちゃんに睨（にら）まれる俺！　俺の心の中は小猫さまに読まれてばかりですね！

五番目に自己紹介するのは元気よく挙手する長い黒髪の女子。さきほど、俺の顔をスケべと看破してきた子だ。

「明智（あけち）といいます！　以後よろしくですぅ！」

最後は……前田さんの背後に隠れている小柄な少女のみ。

織田さんがくすりと笑いながら、その子に言う。

「ほら、半兵衛（はんべえ）。あいさつしなきゃ失礼でしょ？」

織田さんにそう促されて、半兵衛と呼ばれた女の子は恐る恐る俺たちの前に出てくる。

「……くすん。た、竹中と申します。中学生です。よろしくお願いします……」

……涙目だけど、人見知りなのかな？　うちのギャー助と似たような反応だ。とうのギャスパーも「あの子の気持ち、わかりますぅ」と同情を寄せていた。

しかし、半兵衛とは珍しい名前だな。竹中半兵衛？　いや、さすがにあだ名か？　というか、竹中半兵衛？　有名な歴史上の人物だったような……。まさか、竹中だから、半兵衛というあだ名をつけた？　そうなると、織田さんを「姫」と呼ぶこの子たちの関係はいったい全体どういう……。ま、まあ、あだ名に思いを巡らせても仕方ないか……。

あいさつが終わったところで、黒髪の女子——明智さんが再び挙手して訊いてくる。

「皆さんが悪魔だと聞いてきたんですけど、本当なんですか？　証拠を見せてほしいですうっ！」

目をキラキラと輝かせて興味津々の様子だ。リアスは微笑むと、無言で紅茶の入ったティーカップに手を近づけた。

紅いオーラが発せられて、カップを包む。織田さんたちも「おおっ！」と唸りながら真剣に見入っていた。リアスが手をあげると、カップから紅茶——液体だけが抜き取られて、宙に浮かぶ。さらにその紅茶が一瞬にして、紅色の氷塊と化した。

悪魔の技──魔力だ。魔法使いが使う魔法の源流ともなった異形の力。悪魔はこの能力をもって、いかなる超常現象も可能とさせてきた。

この現象を見た織田さんたちは「おおっ！」「すごい！」と感嘆の息を漏らす。

俺はあらためて織田さんたちに問う。

「しっかし、悪魔を知ろうとする女子高生なんて珍しいですね」

「わたしたちに悪魔の存在を教えてくれたのは、こっちの半兵衛なのよ」

織田さんが竹中さんに視線を送る。竹中さんは怖々としながらも語り始める。

「……くすんくすん。じ、実はわたし、陰陽師(おんみょうじ)の家系でして……異形の存在は生まれたときから知っていました……」

それは……話が早いというか、悪魔のことを彼女たちは信じていたようだ。悪魔や異形の存在を知っていたという竹中さんが彼女たちの仲間にいるので、先ほどの質問は本物かどうかの確認だったのだと思う。

「それでね、半兵衛が言うのよ。『隣の県にいる悪魔のお姫さまならなんでも教えてくれるかも』って。わたしが──いえ、わたしの家が長年追い求めていた謎を究明できるんじゃないかって思ったのよ」

隣の県から来たのか。……つーか、日本の裏事情に通じる者にとって、うちのチームってどのぐらい有名なんだろうか？　ふと、そんなことを疑問に思ってしまう。

竹中さんが恐る恐る言う。

「くすん、し、知り合いのシスターさんがこの町で働いていまして……よくその手の情報をいただいていたんです」

「シスター？　誰かしら？」

シスターと聞き、首をかしげるイリナ。同じ教会出身者として気になったのだろう。

「金髪のルイズって人よ。すっごい美人でスタイルばつぐんだったわ」

織田さんがそう答えた。何、すっごい美人でスタイルばつぐんのシスターとな⁉　俺も興味を抱いてしまったぞ！

それを聞いてイリナも合点した様子だった。

「あー、シスター・ルイズ。そういえば、あのヒト、日本に詳しかったから日本語ペラペラなのよね」

そ、そんなシスターさんが日本にいらっしゃるのですか⁉　こりゃ、あとでイリナに訊いて要チェックだ！

「……スケベなこと考えてましたね？」

「……うん、絶対してた」

小猫ちゃんと前田さんに半眼で睨まれる俺！　なんだか、今日はいつも以上にツッコミが多い！　厳しい目が四つもあるからだろう！

——と、織田さんがあらためて胸を張って言った。

「実は、わたしの家、とある戦国大名の系譜なの。それで、わたしのご先祖さま関連で悩み事があったのよ」

「では、リアス部長にお願いしたいこととは？」

俺の問いに織田さんはこくりとうなずいた。

ていうか、戦国大名……！　織田さんのご先祖さまって、歴史上の人物だったりするのか！　……ん？　お、織田……？　そういや、そっちの明智さんも明智……？　ま、まさかな……。

依頼を頼まれようとしているとうのリアスはというと——。

「興味深いわ。実に興味深いわ」

先ほどの明智さん以上にお目々をキラキラと輝かせていた。そう、リアスは日本に通ずるものが大好きだ。趣味といっても過言じゃない。その手のグッズも収集している。いまだ町中を歩いていると無意識にサムライとニンジャを探すというほど、入れ込んでいた。元々、日本に興味を抱いたのもお兄さんであり魔王でもあるサーゼクス・ルシファーさまの眷属──『騎士』沖田総司さん（本物の元新撰組隊士）に感化されたからだ。

「部長にとってみたら、日本の武将の子孫なんて興味の対象以外の何者でもありませんものね。うふふ」

朱乃さんが微笑ましそうにしていた。確かにリアスにとってみたら、織田さんたちはまたとないお客さんだろう。これは無償で願いを叶えてしまいかねないほど、興味を引かれちゃってるな。

木場が織田さんたちに訊く。

「では、皆さんは織田さんの付き合いでここに？　見学ということでしょうか？　皆さんのご関係は？」

織田さん以外のメンバーが気になったのだろう。織田さんの依頼を見学しにきたのか、それとも織田さんと同様に願いがあったのか。

木場の登場に織田さんたちが「あら、イケメン」「声までイケボですぅ」「九十八点」と男性アイドルを見るかのような反応をしていた。くっ！　イケメンめ！　やはり、初対面の相手に好印象を与えるのはさすがとしか言えない！

織田さんが言う。

「ご先祖さまが仲良くしていた武将がいるっていうから、そっちも調べていたの。そうしたら、そっちの子孫にほぼ同年代の女の子たちがいるってわかったのよ。それで声をかけてみたら、いつの間にか意気投合しちゃったってわけ」

　ニッコリ笑い合う彼女たち。

　幾世代も経て、当時のメンツが勢揃いしちゃったわけか。それはまた縁を感じてしまうな。

「うふふ、まさか、織田家の子孫に声をかけられてしまうなんて想像もしてませんでした」

　──と、丹羽さんが言う。まあ、その通りだろうな。ご先祖さま経由で声がかかるなんて意外なんてものじゃなかったと思うんだ。

　織田さんは苦笑する。

「他の子たちの家にわたしの目当ての情報が眠っていないか、調べたけど、結局わからずじまい。こりゃ、猫か悪魔の手でも借りなきゃダメねってところで半兵衛から噂を聞きつけたのよ。──で、先日の遠出の折、この町の駅前を歩いていたら、魔方陣のチラシを手に入れたのよね」

　それで朱乃さんを呼び出してしまったということか。なるほどなるほど、話は繋がった。

どうせなら、隣の県を縄張りにしているっていう悪魔でも呼べばよかったのでは？　なんて思いもあるが、俺の心中を察したのか、竹中さんがぼそりと口を開く。

「くすん、ここの悪魔のお姫さまはとてもとてもやさしいと聞いていたものですから」

それは正解！　うちのリアスは、とってもやさしい悪魔だぜ！　情愛深い一族の出だから、基本的に相手が悪者でもない限り怒ったりしない。まあ、織田さんたちが住む地域を縄張りにしている悪魔にはあとで一言伝えておかないとね。こういうケース（他者のテリトリーでチラシが発動してしまう）は稀に起こることでもある。

紹介と経緯を一通り話して織田さんたちは、今回の依頼の中核であろうものを鞄から取り出した。

「実はご先祖さまが遺したものがあるんだけど、気になって調べているのよ」

……古ぼけた木の箱だ。家紋らしきものもあって、古さがありながらも趣も感じられる箱だった。

開けようとする織田さんだったが、途端に顔を赤らめて躊躇いを見せていた。しかし、意を決したのか――、

「こ、これなんだけど」

箱を開け放って中身を俺たちに見えるように突きだしてくる。

箱のなかにあったのは――黒い布きれらしきもの。というか、これって……。織田さん

は恥ずかしそうに箱の中身を手に取り広げてみせた。その正体を知ってオカ研メンバー全員が軽く驚いてしまう。

――それは黒いブラジャーだった！

「……下着、ブラジャーよね？」

リアスが確認のために問う。

うなずく織田さん。織田さんがそれを踏まえて言う。

「驚かないでね。それ、戦国時代から我が家に伝わっているの」

『戦国時代⁉』

この告白に俺たちは度肝を抜かれた！　当たり前だ！　戦国時代から家に伝わるものが――ブラジャーなんだから！　いくら俺が歴史に疎くてもその時代からブラジャーがあるなんて思えない！　い、いや、原型となったものは、世界の歴史上どこかにあっただろう。でも、日本の戦国時代にブラジャーがあったとは思えないんだが！

見れば見るほど、現代のブラジャーと変わらぬ形だ。実はこれが戦国時代からというのが嘘で、織田さんの親御さん辺りが冗談で忍ばせたというオチでもあったほうが自然と思えてしまう。

「せ、戦国時代にブラジャーってあったんですね！」

アーシアも驚いていた。日本に来てから日本のことを勉強しているアーシアは、歴史にも強くなってきた。けれど、さすがに戦国時代から伝わるブラジャーは想定外だったようだが。

「さすが経済大国日本だ。そのようなむかしから現代のスタンダードを作り上げていたんだね……」

唸りながら感心しているのはゼノヴィア。……またいらぬ勘違いをしているが、まあおいておこう。

「大変価値がありそうですね。というか、オーパーツのように思えます」

ロスヴァイセさんもなんとも興味深そうに戦国時代のブラジャーを見ていた。

織田さんはブラジャーを広げながら言う。

「これね、家にあった古い文献を調べてみたところ、なんでもご先祖さまが黒い天狗から譲ってもらったものらしいの」

「黒い天狗……」

天狗ときましたか。それは妖怪とかそっちの系統だろうな。俺たち悪魔だし、交流がないに等しい。いや、京都で会ったことはあるんだが……。

「……烏天狗のことかもしれません。黒い羽の天狗ですし」

小猫ちゃんが前田さんとケーキを食べながらそう言う。……なんか、仲よさげだね、キミたち。

「なんだか、小猫さんが二人いるようですわ」

レイヴェルも俺と同様の感想を抱いているようだ。

「しかし、天狗……そうなると、私たちよりも京都の妖怪たちのほうが詳しいかもしれないわ」

リアスがあごに手をやりながらそう結論づけた。俺も京都を思い浮かべていたし、そのほうが早いかもね。何せ、京都で知り合った九尾(きゅうび)の狐(きつね)は日本の妖怪にもの凄(すご)く顔が広いお方だ。

「えっ⁉　やっぱり、妖怪っているんだ！　すごくない⁉」

織田さんがはしゃいでいたが、柴田さんと明智さんは冷静に、

「姫さま、いま目の前にいるのは悪魔ですけど……」

「でも、こちらの皆さんは悪魔だけど、悪魔らしくはないかもです。人間っぽいですし」

などと俺たちを見ながら返していた。俺たちは伝承にあるような悪魔らしいバケモノの姿はしてないもんな。見た目から人間離れした悪魔もいるっちゃいるんだが……。

織田さんがあらためて今回の依頼を口にする。

「そういうことで、リアスさんにお願いしたいのは、このブラジャーの真実について情報を集めてほしいの。餅は餅屋というわけじゃないけど、黒い天狗のこと、どうか調べてもらえないかしら？」

リアスは無言であごに手をやり、じーっとブラジャーに視線を向けていた。彼女が願いを否定する雰囲気でもないが、戦国の武将にブラジャーを渡した黒い天狗というところに引っかかっているのだと思う。

その横で竹中さんが織田さんに進言する。

「……あ、あの、もうひとつのお願いも聞いていただかないと……」

それを聞いて思い出したようにハッとする織田さん。

「そうだったわ。実はね、最近、わたしたちを狙う物騒な人たちがいるのよ」

「物騒な人たち？」

聞き返すリアスに織田さんはうなずいて続ける。

「ええ、なんでも『英雄の血を引いているのなら、仲間になれ』って。この間なんていきなり襲いかかってきたから驚いたわ」

――っ！　……言葉もない俺たち。織田さんの言った者たちの正体に心当たりがあり、部員同士で視線を交わし合う。皆、思い付く先は一緒だった。

「……それって」

俺の言葉にリアスは首を縦に振った。

「……ええ、でしょうね。まだ残っていたのね」

……テロリスト集団の『禍の団(カオス・ブリゲード)』、その派閥のひとつ、英雄派！　歴史上、伝説上の英雄の子孫を集めて、異形相手に挑戦し続けた者たち。いろいろあって、俺たちはその中核を担(にな)うメンバーを殲滅(せんめつ)したんだが、たまに残党が動いているって話は耳に届いていた。実際、俺たちも残党に出くわしたこともある。指揮していたリーダーを失った今、彼らの行動原理は極めて曖昧で危険だ。

しかし、そんなことを気にも留めず織田さんの友達である明智さんや柴田さん、丹羽さんは武勇を語る。

「そのときはわたしの華麗なる鹿島(かしま)新当流免許皆伝の技で怪しいおっさんをぶっ飛ばしてやったです！」

「おまえだけじゃないだろ。あたしだって戦ったぞ」

「ふふふ、そのときは皆でどうにかできたんですけどね。皆、家の方針か、武芸は嗜(たしな)んでおりましたもので。けれど、相手が殺気満々なのは確かでした。このままだといずれ危険な状況になるかもしれません」

さすが武将の子孫というべきか。テロリストの下っ端を退ける腕はあるようだ。だからといって捨て置けない事情もある。それを聞いてしまったら、奴らと相対していた俺たちも願いを聞かないわけにはいかない。

「……くすん、いぢめられるのは嫌です」

竹中さんも怖がっていた。いたいけな女子中学生を怖がらせるなんて、英雄派の連中め……っ！

「織田家伝来のこのブラジャーの真実と、妙な連中への対処、このふたつを同時に叶えてもらえないかしら？」

それは、織田さん――いや、織田さんグループの願いでもあるだろう。前者はこれからの情報収集が鍵を握るだろうが、後者は俺たち――テロリスト対策チーム『D×D』としても無下にできるはずがない。

リアスが言う。

「わかりました。そのふたつのお願い、聞き入れましょう。戦国時代から伝わる下着も気になるし、英雄派の残党もとうてい無視できないわ」

「じゃあ！」

織田さんが期待の眼差しを浮かべていた。リアスも同意してうなずく。

「ええ、リアス・グレモリーの名において、その両方のお願いを叶えてあげるわ」

その一言に織田さんたちはどっと沸いた。


さて、願いが実行されたのはいいのだが、主立ったものは情報収集となる。

まず、猫又でもある小猫ちゃんが独自のルートで調査に出た。朱乃さんも英雄派の残党を調べるため、冥界（悪魔側、堕天使側）と連絡を取る。イリナも天界へ調査を依頼していた。

そして、リアスはというと、部室に巨大な連絡用魔方陣を描いて、そこから天狗についての情報を得ようとしていた。

連絡用魔方陣から立体的に投影されているのは――京都の妖怪たちを取り仕切る八坂さんとその娘である九重だった。八坂さん親子は九尾の狐であり、妖怪たちの姫だ。彼女たちの下には、多種多様の妖怪がいて、そのなかには当然天狗もいる。

魔方陣越しに難しい顔をするのは九重だった。

『うーむ、他ならぬイッセーたちの頼みだから当たってみるが、身内の天狗にいるか怪しいところだと思うぞ。女性の下着を戦国武将に渡す天狗なぞ、初めて聞いたのじゃ』

まあ、そりゃそうだ。ブラジャー渡す天狗なんて俺も初めて聞いたよ。

後方では、魔方陣で連絡するという超常現象に「すごーい！」「ファンタジーすぎる！」と反応しまくりの織田さんたち。

『おや、これはこれは魔方陣越しとはいえ、懐かしい波動を感じさせてくれるものじゃ』

ゆったりと対応していた八坂さんが、織田さんに視線を送っていた。

『そちらのお嬢さんから、とても懐かしゅう波動を感じるのう』

「織田といいます」

その名を聞くなり、八坂さんは目を細め楽しげにしていた。

『織田……。なるほどなるほど、それはこの京の都と縁があって当然やね』

八坂さんはそれ以上特に何も言わなかったが、どこか懐かしそうにしていた。

結局、京都からの情報は待ちの状態となった。九重曰く、あまり期待はしないでほしいとのこと。

他の情報を探っていたメンバーも帰ってくるが、その表情は吉報を予感させるものではなかった。唯一、朱乃さんだけ情報を探りにいったまま帰ってきていないが、望みは薄いように思えてしまう。

次の一手はどう出ようか模索していると――ふいにドアがノックされる。

入ってきたのはソーナ会長だった。会長は入ってくるなり、リアスに言った。その表情は複雑そうだ。

「……リアス、どうやら、厄介ごとのようです」

「?」

顔を見比べる俺たちだったが――刹那、旧校舎の外から声が発せられた。

「織田！　ここにいると聞いてきた。顔を出しな！」

……若い女の人の声だ。俺は聞き覚えがないが、織田さんたちはというと――、

「……ここまで来たのね、まったく」

覚えがあるようで、全員嘆息していた。何が起こったかわからないが、とりあえず、俺たちは旧校舎を出ることになったのだった。

旧校舎の前に現れたのは――怪しげな格好の男の集団と、それを率いる形の勇ましそうな女性。歳は二十前後ぐらいだろうか、もの凄くグラマーな肢体をした魅惑のお姉さんだが、その眼光は鋭く、戦意に充ち満ちている。手には軍配が握られていた。

女性は口の端を上げながら、織田さんに言う。

「こんなところにいたとはな、織田。今日こそ因縁に終止符でもつけようか」

織田さんは額に手をやりながら若干うんざりげに返す。

「……またあんたなのね、武田さん」

……見知った者同士のようだが、どうにも事情があるようだ。疑問に思っていたところを丹羽さんが耳打ちしてくれる。

（実は、妙な縁でうちの姫さまと武田さんが出会いまして、それ以降、何かにつけて因縁をふっかけ合う仲となったのです。ちなみに彼女もとある武将の子孫だったりします。あちらのご先祖さまも姫さまのご先祖さまと争ったそうです。まさに因縁でしょう？）

あー、そういう仲ですか。相手も武将の子孫！　じゃあ、いわゆるご先祖さまからの因縁のライバルってやつなのかな。運命感じちゃうね。……しかし、織田、武田となると、思い浮かぶのは超有名な方々なのだが……。

二人が視線をぶつけ合うなかで、柴田さんが武田さんの率いている男たちに指を突きつけた。

「あ！　おまえたちは！」

よく見れば、その男たちは顔がボコボコであり、着ている服も妙にボロボロで一戦交えたあとという様子だった。

明智さんがぷんぷんとかわいく怒りながら言う。

「あいつらですぅ！　あいつらがわたしたちを狙う怪しげなおっさんたちです！」

織田さんも続く。

「そうそう、こいつらなのよ。わたしたちにしつこく言い寄ってくる連中は！」

マジか！　武田さんの手下って女性じゃなくて、英雄派かよ！　英雄派、駒王学園に入って来ちゃった⁉　つっても、すでにボコボコの上に戦意が削がれていそうなのだが……。

英雄派の連中が、織田さんたちに物申す。

「今日こそは我らの宿願を果たすため、協力願お——」

「黙りな。これはあたしと織田の問題だ。あんたらは約束通りあたしに従えばいい」

英雄派の残党の言葉を遮って、武田さんがそう申しつけていた。どうにも武田さんのほうが立場が上に思える。

リアスが一歩前に出て男たちに問う。

「あなたたち、英雄派の残党ね？　まさか、日本の武将の子孫まで引き込もうとしているなんて……。というよりも、ここに突入してくるなんて、さすがに無謀じゃないかしら……？　ここ、どういうところかわかっているわよね？」

男たちは否定はしないが、なんとも言えない表情を浮かべていた。俺たちに見てはほしくないところを見られたという面持ちだ。怪しげな格好の彼らが、テロへの警戒に厳しい駒王町に入ってこられたのも、すでに戦意喪失の上に武田さん（豪気そうな一般女性）の手下にしか見えなくて危険がないと判断されたからなのか……。ま、まあ、ボロボロな姿の彼らは、見ていて俺もかわいそうになってくるほどだった。

武田さんが、リアスに言う。

「こいつらは昨夜あたしに寄ってきた奴らだ。何やら英雄の子孫がどうたらと言っていたが、とりあえず、締め上げてやった。ちょうど手下も欲しかったから、織田との対決を手伝えって連れてきたんだよ。ま、盾ぐらいにはなるだろうから。それに織田の居場所をある程度把握していたようだからな。案内もさせた」

す、すごいな、このヒト！　英雄派をとっちめて部下にしちゃったのかよ！　武将の子孫ってすげえな……。確かに妙に力強いオーラをまとっているように思える。

リアスはそれを聞いても不敵な笑みをやめず、言い放つ。

「けれど、捨て置けないわね。グレモリー公爵家の名において、英雄派の残党は私が吹き飛ばしてあげるわ！」

織田さんも息をひとつ吐いてから、決意の眼差しとなった。

「怪しげな集団ならいざ知らず、武田さんが相手なら退(ひ)くにも退けないか。いいわ。ここで決着っていうのも悪くないわね。皆！」

織田さんの一言に、柴田さん、明智さん、丹羽さん、前田さんが一歩前に出る。……竹中さんだけ一歩うしろに位置するが、懐(ふところ)からは陰陽師(おんみょうじ)が使う札を手に取っていた。

「あ、武器がないですっ！」

「……そういえば、女子の多い学校に行くからって、今日は得物を持ってきてなかった」

明智さんと柴田さんが腰に得物がないことに気づいて、焦(あせ)り出す。

――と、木場がイケメンスマイルをしたのち、神器(セイクリッド・ギア)『魔剣創造(ソード・バース)』によって、剣をいくつも作り出していく。木場の体をまとうように発生したオーラが地面に伝わると、地中から生えてくるようにあらゆる形状の刀剣が現れた。

「お好きなのをどうぞ。槍(やり)タイプも作ってみました」

木場が織田さんのグループに自作の得物を振る舞う。

「さすがイケメンは違いますぅっ！　刀を一振り拝借！」

「ありがたい！　あたしも刀だ！」

「……槍を一本いただきます」

明智さん、柴田さん、前田さんが、地面に生えた得物をそれぞれ抜き放った。織田さんも一本抜き取って、肩に担（かつ）いだ。その格好は妙に様になっていた。

　武田さんがそれを見て不敵に笑う。

「よし、一戦やろうか。勝ったら、以前した約束通り、相良でももらおうかな」

「あいつはやらないわよ。何せ、わたしの大事なパートナーだしね。あいつやここにいる皆と世界に出るのが夢なのだから！」

　野望を語る彼女の瞳は——メラメラと燃えていた。それを受けて武田さんも高揚するように笑みを深める。

「いいねぇ。だから、おまえは最高なんだ、織田っ！」

「六（りく）っ！　万千代（まんちよ）っ！　十兵衛（じゅうべえ）っ！　犬千代（いぬちよ）っ！　半兵衛っ！　行くわよっ！」

　それが合図となって、戦闘が開始される。英雄派の残党を取り込んだせいか、数の上では相手のほうが多い。武田さんの相手は織田さんが取り持つことにして、俺たちも加勢とばかりに英雄派の残党に向かって飛び出していった。ま、英雄派の後始末は相対していた俺たちの役目だよな！

　開戦となる！　最初に切り込んでいったのは明智さんと柴田さん！

「邪魔ですよ、おっさんたち！」

「まったくだっ！」

明智さんと柴田さんが見事な剣捌きで残党の男たちを切り捨てて――いや、違う。

「ふっ、峰打ちでカンベンしてやるですっ！」

明智さんが刀の背で峰打ちにしていた。お見事！

「負けられないわね、ゼノヴィア！」

「ああ、イリナ！」

ゼノヴィアとイリナも今回は木場自作の刀を握って、相手に切り込み、明智さんや柴田さん同様、峰打ちにしていく。

「峰打ちだ。ふふっ、一度やってみたかった」

――と、決め台詞のようにゼノヴィアが格好付けていた。

「つまらぬものを斬った……って日本では斬ったあとにサムライが言うのよね！」

「……たぶん、勘違いしていると思う」

イリナの決めポーズに柴田さんは首を傾げていた。うん、イリナのはちょっと違うと思う。

「でも、お二人ともお見事ですっ！」

明智さんもゼノヴィアたちの剣技に賞賛を送っていた。

「「……吹っ飛べ」」

小猫ちゃんの打撃力と前田さんの槍捌きでまたまた男たちが吹き飛ばされる！　その様は豪快で頼もしい！　まさか、こんなにパワフルな小学生が二人も——。

「「……失礼なこと、考えてましたね？」」

やはり、二人同時に睨まれてしまった！　まるで小猫ちゃんが二人いるようだぜ！

すると、なぜか武田さんが二人に反応していた。

「むっ！　猫が……二人！」

勇ましかった顔つきが破顔していた。どうやら、猫……っぽいものに興味を引かれるようだ。小猫ちゃんもちょうど猫耳を出しているし、前田さんも虎柄の帽子を被っているし何より猫っぽい子だ。

武田さんがリアスと織田さんに言う。

「おまえたち、あの子たちをあたしにくれっ！」

「「あげないわよっ！」」

同時に否定するリアスと織田さん！　そりゃそうだ！

——と、俺の視界に相手の攻撃を華麗に避けて刀の背で次々と男たちを打ち倒す丹羽さんの姿が！

「うふふ、あらこの程度なのですね。十点がいいところです」

冷徹な瞳はどこかゾクゾクと感じるものがある！　ああ、お姉さま！　俺も峰打ちにしてください！

　後方から支援するのは札を取り出す竹中さん！

「あわわわわ、ぜ、ぜぜぜぜぜ前鬼さん、助けてくださぁぁいっ！　いぢめられちゃいますぅっ！」

　術式を発動させると、水干に袴を着けた男性が五芒星の陣形から飛び出て、襲い来る残党の男たちを怪しげな術でからめとり、あるいは吹き飛ばして一網打尽にしていく。

「こーん！　我が主の呼び声に応えて、参上致した！」

　あれって、式神ってやつだよな！　さすが陰陽師といったところか！

　俺たちも織田さんたちに後れを取るわけにもいかない！　オカルト研究部総出で、英雄派の残党をぶっ飛ばしていく！　俺も赤龍帝の籠手を出して、仲間との連携で殴打戦を繰り広げる！　奴らの戦力はそんなでもなかった！　俺たちが禁手化するまでもない！　下の中がいいところだろう！　だが、織田さんが相手をしている武田さんは別だ！

「やるな、織田っ！」

「あんたこそ、やるじゃないの！」

　戦場のど真ん中で刀と軍配の激しい一戦！　織田さんも剣に覚えがあるようで、隙なく縦に横に刀を薙いでいく。それを、軍配を主軸とした体捌きだけで避けて体術を加える武田さんも相当な実力者だ。

さすがに軍配だけではたまらんと思ったのか、武田さんは後方に飛び退いたついでに木場が生やした刀を一本取っていってしまう。

両者、刀を構える格好となった。……織田さんと武田さんの対峙は、見事に様になっており、映画のクライマックスシーンのごとく緊迫した様相を見せてくれていた。

次の一手で大きく動きそうだと思っていたところで、第三者の声が入る。

「ククク！　そこまでだぞ、織田と武田よ！」

声のする方向に目を向ければ――顔に覚えのない金髪に眼帯という少女と、逆に覚えのある三人の姿。少女のほうは、光と闇が混じり合った例のアザゼル先生作「黒歴史ソード」を片手にはしゃいでいる様子だ。

覚えのあるほうは、朱乃さんにアザゼル先生、それに曹操という奇妙な組み合わせだった！　曹操かよ⁉　まさかの英雄派元リーダーの登場とか想像もしてなかったわ！

「「「「曹操さま⁉」」」」

男たちが元リーダーの登場に酷く驚き、そして感動し始めていた。

曹操が嘆息しながら男たちに歩み寄る。

「——元総督に頼まれて調査をしてみれば、まさか、おまえたちとはな」

「曹操さま⁉　生きておられたのですか⁉」

残党にしてみれば、曹操は死んだ者と判断されていたのだろう。そこに生きた本人が現れれば驚きのひとつもするだろうさ。

曹操は槍を肩にとんとんとしながら、自嘲気味に笑う。

「ふっ、まあ、一度は堕ちたのだがな。いろいろあって未練を果たそうとしているだけだ」

男たちは跪き、曹操に進言する。

「曹操さま！　我らが宿願のために、今一度御旗をおあげください！　そのためならば、あの武将の子孫という娘たちも手中に収めてごらんにいれましょうぞ！」

曹操はそれを聞いても苦笑いするだけだった。

「とりあえず、矛を収めろ。まったく、その武将の子孫の娘に従うしかなかったおまえたちがそんなことを言っても説得力はない」

それを言われて男たちは言葉もなかった。曹操が俺たちのほうに視線を送る。

「悪いな、兵藤一誠、そして織田の子孫たち。この者たちは俺が責任を持って連れて行く。さ、おまえたち、とにかく、俺についてこい。……やり方は変わるかもしれないが、今更捨てやしないさ。俺でよければ、面倒は見てやる」

曹操の言葉に男たちも涙を流していた。

「「「「はいっ！」」」」

曹操は一瞥したのち、男たちを連れてその場を去っていった。あらら、決着しちゃったよ。ま、英雄派の元リーダーが直々連れて行くなんて言ったら、あいつらもついて行っちゃうよね。……いまの曹操なら、そう悪いことはしないと思うのだが……。

気分を削がれたのか、織田さんも武田さんも刀を下ろしていた。織田さんが苦笑する。

「あんなイケメンなら勧誘受けてもよかったかもなんて思っちゃうけどね」

「『三国志』の英雄の子孫だなんて、興味がわいちゃいますものね」

丹羽さんも「曹操」という名前に関心を示していた。

――さてさて、となると残るは朱乃さん、アザゼル先生、謎の金髪少女となる。

「おー、おまえら。なに、デパートで物色していたんだがな。朱乃に来いと呼ばれたものだから。――で、買い物の途中で興味深いことを言う娘を見つけてな」

先生の視線が金髪の少女に行く。少女は妙なポージングをしつつ、中二病的な言動を発し始めた。

「ククク、堕天使の総督に紹介を受けたとあっては名乗らないわけにはいかない！　我こそは『黙示録のびぃすと』にして天下覆滅のアンチ・クライスト『邪気眼竜政宗』なのだーっ!」

「——ということらしい」

う、うーん、中二病にかかった娘を見つけて、適当に話し込んでいたら、相手の中二病精神に火をつけたということか? 例の光と闇が入り交じった剣を自慢げにぶんぶんと振るっていた。……威力調節がされているのか、危険な波動は飛んでいない。ただ、青白いオーラと黒々としたオーラを発しているだけだ。

「梵天丸じゃない! 来てたんだ」

織田さんたちは覚えがあるようだった。

「織田の姫君の天狗捜しにぜひとも我も参加しようと思ったのだ」

お友達ってことか。織田さんもいろんな仲間を持っているんだな。

「ハッ! 黙示録の獣! トライヘキサと関連が⁉」

「さすがにそれは関係ないんじゃない?」

などと、ゼノヴィアとイリナが梵天丸と呼ばれた子の名乗りに反応していた。

「当然、関係ないぞ。——が、おもしろいんでな。話し込んでた」

ケラケラ笑う先生。ですよねー。関係なんてあるはずがない。でも、おもしろそうだから、話し込んでいたと。とうの本人は目を輝かせながら、「黒歴史ソード」を振るう。

「見るがいい！　これぞ、堕天使の総督より賜りし伝説の剣！　閃光と暗黒の龍絶刀・参式！」

あー、すげえ楽しそうだ。剣もぴかぴか光っているし、格好の遊び道具になってる。

「……い、いいんですか、あんなのあげちゃって……」

「ま、悪用しないだろう。調整もしたしな」

俺の問いに先生も微笑ましそうに見ているだけだった。

先生と梵天丸ちゃんの関係はわかった。最後に朱乃さんの登場についてだ。

様子を静観していた朱乃さんは「うふふ」と笑いながら、リアスに言った。

「部長、どうやら、ブラジャーをあげた天狗さんが見つかりましたわ。先ほど、父にそれとなく、話したところ、心当たりがあるとおっしゃってまして……」

朱乃さんの一声に皆の注目が集まる。

「本当？」

「天狗はどこに？」

リアスと織田さんが朱乃さんに問う。朱乃さんはクスリと小さく笑ったのち、指をとある方向にさす。それは——アザゼル先生を示していた！

先生が織田さんを捉えるなり、思い出したかのように何度もうなずいた。

「おっ！　おおっ！　その面構え！　覚えがあるぞ！」

「えーと、おじさん誰？」

織田さんが当惑するが、先生は織田さんたちの集まりに視線を巡らせて楽しげだった。

「堕天使の元頭だ。なんだか、見知ったメンツに思えるぜ」

そう言うなり、先生は背中から黒い翼を出した。

「もしかして……黒い天狗って！」

織田さんが先生の羽を見て何かを得心した様子だった。

あらためて織田さんが先生に事情を話して、例のブラジャーを取り出してみせた。

先生がそれを見て、豪快に笑う。

「はーっはっはっはっ！　なるほど、織田家にブラジャーをあげた黒い天狗か！　そういうふうにあのときの出来事が伝わっているんだな！」

「やっぱり、黒い天狗って先生のことなんですね？」

俺の問いに先生は懐かしそうに語り出す。

「ああ、もう数百年前だ。この国じゃ、戦国時代って呼ばれていた頃だな。戦争があるとな、あの時代の堕天使や悪魔にとっちゃ稼ぎ時でな。戦局に困った人間に呼び出されたり、あるいはこちらから声をかけたりで、命やら珍しい神具などと引き替えに人知を超えた力を貸し与えてやるのさ。そんなときだったな。俺がとある森のなかで休んでいるときだった。一人の娘が現れてな」

織田さんのご先祖さまが先生に訊いたそうだ。

『あんた、もしかして天狗？』

——と。

「なんて訊くもんだから、そのまま『ああ、そうだ』なんて返しちまった。そしたら、天狗の技を見せろと言うんだ。まあ、ひとつふたつ光力使った技を見せてやったら今度は『何かくれ』と言ってきたわけだ」

「それでブラジャーをあげたと？」

「ははは、俺たちゃ、技術者の集まりだ。神器の研究から、新型の下着まで興味のあるものはなんでも手をつけた。んで、偶然に持ち合わせていたから、試作型のそれをあげたんだよ」

……結果を知ってしまえば、らしいというか、なんてことをしてるんだと怒るべきか、迷うところだけど、織田さんたちは真摯に聞き入っていた。

織田さんが先生に訊く。

「ねぇ、あなた、すごい長生きなんでしょう？　ご先祖さまにも会ったのよね？」

「ああ、そうだな」

「わたしのご先祖さま、どんなヒトだった？」

先生はあごに手をやり、嬉々として語る。

「やんちゃガールって感じだったかな。でもな、野望を抱いたいい目をしていた。暴れっぷりは人伝に聞いているさ」

「デアルカ！　あ、ごめんなさい。どうも癖で言っちゃうのよね」

それを聞いて先生も微笑む。

「そういや、あの娘も同じ口癖を言ってたな。やっぱり、似ているよ、おまえさんは」

真実というものは、意外なところに隠れていて、案外身近なんだなと、今回の一件を通じて思ってしまう俺だった。

その横で武田さんが「興が冷めたか」と苦笑しながら、刀を放り投げてその場を去っていった。


すべてが片付き、お別れのときとなった。

旧校舎の校門前で織田さんたちの見送りをする俺たち。

織田さんが礼を口にする。

「今回はありがとう。本当、悩み事がふたつもいっぺんに解決してうれしかったわ」

「いいえ、こちらこそ、楽しかったわ。武将の子孫に会えるなんて、私も光栄だったし」

リアスも終始楽しげだったのが、印象的だった。

――と、思い出したかのように柴田さんが口にする。

「あ、姫さま、お礼は……」

織田さんもハッと気づいたようだった。お礼、つまり、今回の依頼の代価だ。

リアスは小さく笑むとこう言う。

「ブラジャーのお願いはともかく、英雄派に狙われていた一件に関してはお礼なんていらないわ。彼らを捕らえるのは私たちの役目なのだから。けれど、そうね、ブラジャー調査の報酬に関しては『今度ゆっくりとお茶でも飲みながらお話がしたい』――ということでどうかしら？」

リアスの提案に織田さんはニッコリとする。

「デアルカ！　あ、また出ちゃった。けど、わかったわ。リアスさん、今度、あらためてお話ししましょうね。そうだ、次はわたしの一番のパートナーを連れてくるわ。……ちょっとスケベだけど、いい奴なの」

「スケベなヒトは慣れてるから、平気よ」

こちらに視線を移すリアス。織田さんも俺を見ながら「そのようね」と返していた。スケベでごめんなさいね！

皆で別れを惜しみつつも、俺たちは彼女たちが去るのを見送った。

別れ際の彼女たちの楽しげな会話が聞こえてくる。

「さて、それじゃ、外で待機してるあいつでも呼びましょうか」

「相良先輩、きっとネットカフェでえっちぃサイト見ながら『あーあ、俺も女子高生たっぷりの学校に行きたかったぜ』って、つぶやいているに違いないですよ！」

「まあ、あいつならそう言うだろうな」

「うふふ、皆でどこかで夕飯でもとりましょうか」

「……賛成。デザート食べ放題のところがいいな」

「はい、良晴さんとケーキ食べたいです」

「ククク、デザートは別腹だ」

……あいつ？　男の友達でもいるのかな。スケベな男……。つい先ほど出会った盟友を思い出すが……まさかな。

最後に気になったのでリアスに訊いてみる。

「ところで、英雄派の残党にも狙われる女子高生たちって……」

「うふふ、さて、彼女たちは誰の子孫だと思う?」

意味深に微笑む彼女。

「……織田……明智……武田……。え……? も、もしかして!?」

リアスは答えなかったが、ただただ楽しそうに彼女たちを見送っていた。

まあ、次に会う機会があれば、正体も知れるのかな。それを楽しみに待つというのも悪くないか。

こうして、突然巻き起こった「戦国ブラジャー」騒動は幕を閉じたのだった――。

Bonus Life.2 御厩零式物語

著者：春日みかげ

●織田信奈の学園

「いったいここはどこなの？　利休！　播磨！　禁断の異世界武将召喚術『御厩零式』は失敗だわ！」

「り、きゅ？（織田家の人材不足を補うために異世界の武将を召喚するはずが、こちらが見知らぬ部屋に召喚されてしまったらしい）」

「ふうむ。板張りの床。ふかふかの絨毯。燭台に長椅子。ここは明らかに南蛮人の部屋だ。しかも、シメオンたちは怪しげな魔方陣の中央に立っている。この魔方陣は、シメオンが描いたものではない」

「……おなかすいた」

「おいおい。なんだか悪い予感がするぜ。術式を間違えてイングランドの魔術師の部屋に飛ばされたとか、そんなちゃちな事態じゃない気がするぜ。てか、16世紀には存在しないはずの家電製品が部屋のそこかしこに」

「その通りだ相良良晴。どうやらここは本来ならば決して交わることのないはずの異世界らしいな、むふー！」

「はあ。ガチャをひく気分で召喚魔術なんてみだりに使うから、こんなことに。信奈、武将育成はもっと地道にやらなきゃな。楽しようとするから、こうなるんだ」

「我茶ってなによ？　あんたのせいでしょ良晴っ！　あんたが術式の最中に魔方陣に踏み込んだから、こんな不測の事態にっ！」

「落ち着け！　仲間割れしている場合じゃないぞっ！　今こそお前のリーダーシップが問われる時なんだ！」

「未来語でごまかさないのっ！」


ある日のことだった。

京の本能寺でのお茶会開催を目前に、天下布武事業を推し進めるわれらが姫大名・織田信奈は、本能寺に錬金術師兼茶人の千利休と南蛮科学軍師の黒田官兵衛を呼び出し、「妖怪すねこすりを召喚した術を使って異世界から武将を呼び出してちょうだい」と無茶を言いだした。

「新たに採用した荒木村重が摂津を順調に平定していっているけれど、まだまだ織田家には武将が足りないわ！　大和の筒井順慶は日和見ばかりで仕事しないし、丹後や河内和泉を任せられる人材は見つからないわ。わたしは神仏に頼らない合理主義者だけど、役に立つならば錬金術でも魔術でもなんでも利用するわ。南蛮の黒魔術に『悪魔召喚』ってのがあるでしょ？　その術を使って異世界から有能な武将を召喚しちゃいなさい！」

利休と黒田官兵衛は顔を見合わせた。

「……り、きゅ（すねこすりはこちらの世界で暮らしていた妖怪。身体を失って魂だけの存在になって消える寸前だったところに、南蛮の術でこしらえた人工精霊の肉体を与えただけ。異世界から召喚したわけではない）」

「召喚魔術ねえ。術式の作法は知っているけれど、非科学的だなあ。だいいち首尾よく武将が召喚できればいいけれど、もしも悪魔を召喚してしまったら一大事じゃないか？」

「はは一ん。播磨。もしかして、できないの？　あんたの好敵手・竹中半兵衛はかつて陰陽道の術を用いて最強の式神・前鬼を召喚して見事に使役したじゃない。それにひきかえ播磨、あんたが南蛮の術式で召喚できたのは女の子のすねをこする妖怪すねこすりだけ。しょっぱいわね。あまりにも両者の間に差がつきすぎているわね。あんた、天下一軍師の座を奪い取りたくはないの？」

天下一軍師！　竹中半兵衛に後れを取っている！　これらのＮＧワードを吹き込まれた黒田官兵衛の表情が一変した！

まさに『黒官』！　といった悪人面に！

慌てる利休を放置して、官兵衛は「むふー！　このシメオンにお任せあれ！　まだ見ぬ異世界から最強の武将を召喚してやろうじゃないか！　あーははは！」とさっそく畳の上に五芒星の魔方陣を描き込みはじめた。

「……り、きゅ～（これは、本来は絶対に開かないはずの異世界への扉を開く禁断の術式『御厩零式』の魔方陣？　予測不能の事態が起きるかも。やめたほうが）」

「心配ご無用さ利休師匠！　『御厩零式』の召喚儀式に成功した例は聞かないが、織田信奈が集めた名物茶器を魔方陣に配置し、このシメオンの専売特許『電磁気』を用いればばうまくいく！　幸い今日は天気が荒れている！　この本能寺の庭園に十字架をかたどった避雷針を立て、雷を落とすのさっ！　雷から奪い取った電磁気の力を、室内まで引っ張りこんだ導線を通して魔方陣に流し込めば、異世界への扉が開くはずっ！」

「電磁気？　十字架？　避雷針っ？　播磨、なんだかわくわくするわね！　すっごく強い武将を召喚できそうだわ！　いっそ悪魔でもいいわよ、武田信玄や上杉謙信に勝つためなら悪魔の手だって借りちゃうわ！」

「……り、きゅ……（ああ。どうなっても知らない）」

ドオオオン！

「落ちたわ！　雷がっ！　播磨が庭先に突き立てた十字架に！」

「……り、きゅ？（魔方陣が光り輝いている！）」

「おおおお？　いつもいつもあと一歩のところで失敗ばかりだったのに、今日ばかりはさくさくとこのシメオンの狙いが成功する！　夢のようだ！　黒官一流の烽火をあげる時は今だーっ！　吹けよ嵐！　駆けろ稲妻！　おっと織田信奈、師匠！　危険だから魔方陣から離れるんだ！」

官兵衛が「姫、ご運が開けましたぞ！　これで織田信奈は天下人！　あーははは！」と黒い笑顔を浮かべながら魔方陣の脇で踊っていると――。

現代から来た未来人武将・われらが相良良晴と、虎のかぶり物を被った小柄な姫武将・前田犬千代の二人が、なにも知らずにこのこと部屋に入ってきて、

「おっなんだ？　盆踊りか？」

むぎゅ、といかにも怪しげな光を発している魔方陣の真ん中に足を踏み入れてしまった！

「……おなかすいた」

「わーっ！　なにをするんだ相良良晴！　出ろっ、出ろっこらっシメオンの術式の邪魔をするなっ！　五体が吹っ飛ぶぞ！」

「り、きゅ（たいへん。引っ張り出さないと）」

「良晴？　犬千代？　魔方陣に入っちゃダメ！　こっち来なさい！」

「え？　魔方陣？　なんで戦国時代の本能寺にそんなものが？」

「……ういろうの餌を与えてくれれば、動く」

「しまった、もう発動してしまう！　織田信奈！　師匠！　二人の首根っこを捕まえて急いで引きずり出すんだ――うひゃあああっ？」

ぴかっ。信奈たちが集まっていた本能寺の一室に、まばゆい閃光が走った。

魔方陣の発動に巻き込まれた五人の姿は、室内からかき消えていた――。

「というわけで、わたしたち五人は異世界へ流されてしまったわ！　すでに流されてしまった以上、くよくよしていても仕方がない。是非に及ばず！　この南蛮部屋を織田家の新たな本城と定めて、さっそく軍議を開くわよ！」

　織田信奈の適応力は異常。これほどの事態に陥っていながら「是非に及ばず」の一言ですべてを受け入れてしまえる英傑の器に、良晴は「それでいいのかっ？」と突っ込みながらも感服していた。

「むふー！　斥候に出した犬千代からの報告によれば、ここは『駒王学園』という国だ。そしてこの部屋は『オカルト研究部』と呼ばれる勢力の『部室』らしい」

「……建物の外を索敵中に松田、元浜なる足軽と遭遇。『こすぷればあてぃでもやるのかい、小猫ちゃーん』と犬千代を猫呼ばわりして侮辱したので朱槍を振り回してあらぶったら、泣きながら洗いざらい教えてくれた。いい人たちだった」

「デアルカ。駒王だなんて王は聞いたことないわね。犬千代、その二人は？」

「……『羊羹』というお菓子をくれたので、放逐した。これが、羊羹。一見ういろうのように見えるが、舌にねっとりとまつわりつくくらいに強烈に甘い異世界の珍味。材料は米ではないらしい。あむあむ」

「それであんた、さっきからお菓子をかじってたのね！　せっかく捕らえた敵兵を逃がしてどーするのよ、もう」

「……り、きゅ？（『学園』とはいったい？）」

「間違いない。ここは俺が暮らしていた未来の日本に限りなく近い異世界だ！　この建物は、高校の校舎だぜ！　生徒たちの往来がないところから推察するに、授業には使用されておらず文化部の部室が入っているだけの旧校舎ってところか」

「ええ？　わたしたち、三種の神器も用いずに良晴の世界に来てしまったってこと？　そそそれじゃ、良晴のお父さまお母さまにご挨拶に伺わなくちゃ！　ふふふつつかものですがよよよろしくおおおお願いしますって」

「ち、違うんだよ信奈。まずいことに、ここは俺の世界じゃないんだ」

「なーんだ。びっくりさせないでよね！　焦ったじゃない！」

「俺の世界にすごく近いが、微妙に違う。室内に電気が通っていたので部室のパソコンで検索してみたが、俺の暮らしていた町はこの世界には存在しなかった……あるいはこの漫画単行本。俺も愛読してきたなじみの名作漫画だが、タイトルが『ドラグ・ソボール』になっている。いわゆるパラレルワールドってやつだな……ってこら官兵衛！　パソコンを分解するんじゃねえ！　情報収集できなくなるじゃねーか！」

「すごいぞ！　この薄い板のような機械はいったいなんだっ、どういうからくりで作動しているんだっ？　部品をいただいて戦国時代に持ち帰るぞ、むふー！」

　ＣＰＵとか持ち帰っても使い道ないからな、と良晴は釘を刺した。

「そもそもどうやって元の戦国時代に帰ればいいのかわからないわね。わたしたちは偶然の事故によってこの駒王学園に流されてしまったんだし」

「……り、きゅ」

「……羊羹、おいしい」

「どうする、信奈？」

「是非に及ばずって言ったでしょ。帰る方法がわからないなら、未来へ向かって突っ走るしかないわ！　これも天命！　駒王学園を舞台に、天下布武を遂行するのみよ！　この学園を、織田信奈の学園に書き換えてあげるわ！」

「むふー！　それではこのオカルト研究部の部室を占拠し、『天下布部』と改名しよう！」

「それよ播磨！『天下布部』。わたしが本城とするこの部室にぴったりの、いい名だわ！さっそく四方に散ってこの学園の戦力分析、および勢力図と地図の作成よ！　ひとまずいちばん強いやつには丁重に贈り物を届けてご機嫌を伺って油断させるのよ！」

「それって織田信長の常套手段だよな。って待てよ信奈！　学園は、戦争するところじゃねーんだよ！　若者たちが平和に集って勉学に部活にスポーツにそして恋愛にいそしむ夢のような空間なんだよ！　俺の高校生活は女子にまるでモテない暗黒時代だったけどな！」

「ああでも、肝心の贈り物がないわね。それじゃ、奇襲攻撃をかまして敵の重要拠点を問答無用で焼き討ちね。学園内にはこの校舎以外にも城が建っているみたいだから、順番に焼いちゃいましょう。わたしたちの兵力はわずか五人。兵糧の蓄えもないし、籠城されたら面倒だもの」

「俺の魂の叫びを聞いてくれ！」

「むふー！　このシメオンにすべてお任せあれ！　まずは向かいの校舎に進軍し、『食堂』を抑えよう！　食堂には、この学園の足軽どもを養っている兵糧がたんまり蓄えられているという！　兵糧攻めだー！」

「いいわね播磨！　それじゃ食堂を占領して、足軽どもを干し殺しましょう！」

「あーははは！　次に『ぷうる』を決壊させて、水攻めを開始する！」

「……り、きゅ？（どうせなら茶室もほしい）」

「そうね、茶室も占拠しましょう！　探せばあるはずよ！」

「……この学園ではお猫さまが人気らしい。犬こそ至高、と学園中の足軽たちに知らしめる」

「つまりここは本猫寺の門徒たちの学園ってことかしら？　だったら遠慮する必要はないわね！」

「待て、待て、待てーっ！　お前ら！　戦国時代の尺度で学園を攻略しようとするんじゃねえ！　頼むから、学園生活の経験者である俺の言うことを聞いてくれーっ！　こらっ信奈、日本刀を抜くな！　銃刀法違反になる！」

すっかり慣れてしまっていたが、こいつら戦国時代の武将すぎる！　と良晴は涙目になって信奈に抱きつき、取り押さえようとした。

だが、生まれてはじめて異世界に来てやたらはしゃいでいる信奈は止められない。

「放しなさい良晴。そこの箱をさっそく試し切りよ！　ちぇすとおおお！」

部屋の片隅に転がっていた段ボール箱を一刀両断しようと、刀を振り下ろした。

その時、ヒイイイイ！　と愛らしい女の子の悲鳴が部室に響いた。

「……」

「あれっ？　信奈の身体が、停止したっ？　お、おい信奈？」

「……はっ？　どうしたの、今なにが起きたの？　わたしが斬ろうとした箱が消えているっ？」

良晴が「ほんとうだ。信奈だけでなく、俺たちの身体も一瞬停止していたってことか？」と首を捻ったった。

「こ……これはもしかして……時間停止の能力っ？　やはり俺の悪い予感は的中したのか？」

「どういうこと、良晴」

「一見俺の世界にそっくりだが、ここは科学だけでなく魔法も発達している世界だ！　この学園は危険すぎる！」

「むふー！　攻略難易度が高そうだ！　それは平定しがいがあるな！」

「わたしのような自称第六天魔王だけでなく、ほんものの魔王がいるかもしれない世界ってこと？　ふ、ふ、ふ。ますますやる気に満ちてきたわ！」

「お前ら、好戦的すぎるんだよっ！　やっぱり元の世界に戻る方法を見つけないとまずい気がする！　ああでも合法的に現役ＪＫの制服姿や体操着を拝める学園生活も捨てがたいっ！　死ぬまでに一度でいいから、ほんもののスク水が見たいっ！」

しかし、いったいどうすれば帰れるんだ？　と良晴が魔方陣に張り付いて「うおおお光らねえ～」と騒いでいると、部室の扉が静かに開いた。

廊下の外に、金髪の美少年が立っていた。

「ようこそ、異世界の人たち。『一人入った分一人抜ける』。それがこの召喚魔術『御厩零式』のルールのようです」

「……り、きゅ（美少年）」

「織田家の血筋でもひいているのかしら？　これが未来に実在するというイケメンってやつね！」

「むふー。ここが相良良晴の世界とは異なる異世界だと、シメオンはやっと納得した！」

「うああああ！　そうだった！　俺はたった今、学園生活の残酷な実態を思いだした、思いだしたぞおお～！　教室を俺さまのモテモテハーレムにするどころか、一握りのイケメンにすべての女子を持って行かれたあの格差、あの屈辱、あの絶望を思いだしたあ！特技がドッジボールの球よけと戦国SLGやりこみだけの俺は、まさに持たざる者、貧者、進化の負け組、スクールカーストの最底辺だったんだあああ！　そうだよ。学園では、『おっぱい揉(も)みたい』と口走っただけで女子どもから総スカンだった！　俺はやっぱ戦国時代に帰るっ！　イケメン死ね！」

イッセーくんとなんとなく似ていますねキミは、と少年は笑った。

「僕は、木場祐斗(きばゆうと)です。このオカルト研究部の部員です。今、オカルト研究部はどうにも困った事態になっていまして。ぜひとも、解決のために協力してほしいんです。皆さんの協力がどうしても必要なんです」

「困った」

「事態？」

「……羊羹食べたい」

「り、きゅ～」

待てよおい！　わざわざ異世界まで来たのに出会った相手が男しかもイケメンとか間違ってるだろ！　そこは巨乳でかわいい女の子がぞろぞろ出てくるはずだろ！　と良晴が吠えたが、木場と名乗った少年は苦笑するばかりだった。

「ところがそうはいかないんですよ。実は今朝、僕たちオカルト研究部でも『御厩零式』の術式を行ったんですね。オカルト研究部は仮の姿で、僕たちは悪魔リアス・グレモリー部長の眷属。部員全員、悪魔なんです。あ、天使もいますが」

「「「悪魔!?」」」

「さきほどの段ボール箱の中には、時間停止の能力を持った部員が隠れていたんです。斬られそうになったので皆さんの時間を止め、部室の奥にさらに引っ込んでしまいましたが」

「時間停止いいいい？」

とんでもない世界に来てしまった。あーどうせなら梵天丸を連れてきてやりたかった、と良晴は思った。

「もっとも、悪魔と言っても純血種は少ないんです。人間などの異種族から転生させることで眷属を増やすのが一般的ですね。顧問のアザゼル先生が、『決して実行してはならないと言われる禁断の異世界戦士召喚儀式、「御厩零式」を試してみたいとは思わないか？理由？　言わずもがなだ。三年生が卒業してしまう今、俺たちはさらに（おっぱい）戦力を強化する必要がある。異世界からもっともっと強い（おっぱい）戦士を召喚しなければならないんだ！』とイッセーくんをそそのかしまして、僕たちは禁断の召喚魔術『御厩零式』を遂行したんです。イッセーくんもはじめは『いくらおっぱいのためとはいえ危険すぎる』とためらっていたのですが、『お前は彼女ができればそれで満足してしまうのか？ここで成長を止めてしまうのか？　ハーレムの王になるという夢はどうした？　男を強くするもの、それは夢。野望。飢えと渇きだぜ』と言葉巧みに囁くアザゼル先生についに押し切られまして。ところが、どうやら異世界で行われていた『御厩零式』の魔方陣とこちらの部室の魔方陣が繋がってしまったらしいんです」

「つまり、俺たちの世界から五人がこの部室に召喚されたってことは」

「ええ。イッセーくんやリアス部長をはじめとする五人の部員が、皆さんの世界へ召喚されてしまったんですよ。しかも、頼みのアザゼル先生は急遽『D×D』の会議に呼び出されてしまって、しばらく学園には戻れそうにありません。残された僕は急いで『御厩零式』について調べ、この予期せぬ事故が起きた理由を特定しました。『一人入った分一人抜ける』。これが『御厩零式』に隠されたルールだったんです。僕たちの世界では天使・堕天使・悪魔の三つどもえの戦争が繰り広げられて大勢の犠牲者が出た時代もあったのですが、そんな極限状況でさえ誰もこの術式を実践しようとしなかった。それは、異世界から戦力を補充したぶん確実にこちらの戦力が失われるからだったんですよ。そう簡単にいんちきはできないということですね」

「五人召喚したから五人が逆召喚されたってことか⁉　戦国時代の本能寺に悪魔が五人？　いったいどうなってしまうんだあああ？　歴史の辻褄が、辻褄があああ！」

「そういうことですね。できる限り早く、イッセーくんたちを呼び戻さなければ。そのためには、あなたたち五人を元の世界に送り返さなければいけないんです」

信奈と官兵衛が顔を見合わせた。

「にわかには信じがたい話だわ。どう思う、播磨？」

「織田信奈。きみはどうしたい？」

「天使・堕天使・悪魔の三大勢力による大戦争！　まるで聖書の『黙示録』みたいでわく

わくするわね！　これも運命よ。ぜひとも一枚噛んでみたいわね！　日ノ本の統一はそのあとでもいいんじゃない？　来たるべき『織田信奈の大航海時代』のための貴重な経験になるだろうし」

「むふー！　さすがは織田信奈だ！　動じないどころか大喜びするとは、果てしなき野望の持ち主だなっ！　わかった、このシメオンにお任せあれ！」

「お前らなあ～。部長さんたちを呼び戻さないと、オカルト研究部の皆さんにも迷惑だろうが」

「困りましたね。ところで皆さんは戦国時代の織田家から来られたようですが、『本能寺の変』はいったいどうなっているのでしょうか？　明智光秀さんは来られていないようですが」

「わーっ、わーっ！　こらっイケメン、信奈たちの前でその話をするんじゃねええ！　収拾がつかなくなる！」

「そうでしたか。それはすみませんでした」

「……ういろうもおいしいけど、羊羹もおいしい。困った」

「……り、きゅ～（茶室ほしい）」

「わたしにも羊羹ちょうだい、犬千代！　ういろうとどう違うの？」

「なんだい、このウーロン茶ってのは？　お菓子を食べる席ではにがーい抹茶がほしいなあ。もぐもぐ」

ふう、信奈は聞いていなかった。よかった。

良晴が胸を撫で下ろしていると……。

こんこん。

木場が閉じた扉が、廊下側からノックされた。

『兵藤一誠、いるか？　俺だ。曹操だ。ちょっとした用事のついでに、来てやったぞ』

「そ、曹操？　なんで『三国志』の英傑が日本の学園にっ？」

「この世界では普通に歴史上・神話上の神々や英雄が活動していますから。しかしまずいですね。曹操は『黄昏の聖槍』を所有する超大物です。イッセーくんを含む部員五人が欠けたこのオカルト研究部の現状を気取られたら、少々面倒なことに。というよりも、この部室にただならぬ異変を察知したので曹操自身が直々に調べに来たのでしょう」

「関羽がやったように居留守を使おうぜ。曹操なら、おとなしく帰ってくれるはずだ」

「良晴くん、でしたっけ？　きみは顔立ちや骨格がイッセーくんに似ています。ヘアスタイルをこうしてこうしてこうしていじれば、影武者に。さあ、僕の学生服を着てください」

「お、俺がっ？　影武者っ？」

「ボロを出さないよう、ひたすら女の子とおっぱいの話を振り続けてください。それで押し通せるはずです」

「なあんだ。演技しなくてもいいのか。だったらイケるぜ！」

イケメンが脱いだわ！　むふーイケメンの裸だ！　肌白い……りきゅ……と信奈たち姫武将どもが黄色い歓声をあげる中、良晴は髪にムースを塗りたくられてツンツンヘアに改造され、「にせイッセー」に仕立て上げられて扉を開いた。

扉の向こうから、またしてもイケメンが現れた。片目に眼帯をつけている。

「む？　キミはほんとうに兵藤一誠か？　見ないうちに顔が変わったような？　どことなくサルっぽくなったというか」

ぜんぜん通用してねえじゃねえか、いきなり疑われているぞ木場あああ！　と良晴は心の中で泣いたが、とにかくこの場はごまかさなければならない。

「お、お前こそほんとうにほんものの曹操なのか？」

「なんだと？」

「曹操ってあれじゃねーか。『織田信長公の野望』と並ぶ歴史ＳＬＧの不朽の名作『三國志大演義』で魏の大将を務めている英傑じゃねーか」

「ああ。その曹操は俺の祖先だ。子孫の俺は髭など生やしていないさ」

「いや違う、『三國志大演義』の話をしているんじゃない！　現実とゲームは違うということくらい、俺にだってわかっているさ！　俺は常識人だぜ！　俺が腑に落ちないのは！　曹操は！　俺的には！　金髪の美少女のはずなんだよ！」

「……はあ？」

「そうだとも！　織田信長が実は天下一美少女の織田信奈だったのと同様に、現実の曹操もまた美少女だったに違いないんだ！　歴史書に書き残されている髭面の曹操のほうが偽者だ、どこかで誰かが筆を曲げて曹操を男にしてしまったんだ！　織田信奈が織田信長に書き換えられたのと同じさ！　きっと儒教の影響だな！　儒教にかぶれた歴史家どもは、美少女が戦場の英傑として男たちを支配し君臨したなどという真の歴史を伝えたくなかったのさ！　つまりお前がほんものの曹操なら、男であるのはおかしい！」

「……兵藤一誠。キミはまさかおっぱい好きの病が進んで、この俺まで脳内で女体化するように？」

「わかったぞ曹操！　お前、諸事情があって男装しているんだな！　言わずともいい、乱世ではよくあることだ。ということはその発達した大胸筋に見える胸も実はサラシを巻かれた巨乳、押しつぶされたおっぱいである可能性が――!?」

「……やめろ、俺に触るな。よもや洋服崩壊や乳語翻訳に続いて、とうとう女体化魔術を開発したのではあるまいな？　それだけはダメだぞ。いくらキミでも、それだけは。外道を通り越して変質者の所行だ。いや、兵藤一誠の戦術として正しいのか……？」

「ふふふ。触ってみればわかることだぜ。わきわきわき」

「……あー。俺は風邪をひいたらしい。激しい悪寒に襲われたので、帰ることにする。頼むから俺を脳内でも女体化したりしないでくれ……」

曹操は、「頭痛がする」とこめかみを押さえながら帰っていった！

「さすがです良晴くん。僕もキミがなにを言っているのかさっぱりわかりませんでしたが、あの曹操がにわかに頭痛を訴えて帰ってしまうくらい意味不明な台詞回しと怪演技でしたよ！」

「ふう。われながら不気味だったが、日頃なんとなくわだかまっていた心の叫びをそのまま口にすることでなんとか追い返せたぜ。ところで、ドレス・ブレイクとパイリンガルってなんだ？」

「それを異世界の客人に教えるのは、ちょっと……あはは。それより、男の子に触れるだけで女の子の身体に変えてしまう女体化魔術ですか。おっぱいに並々ならぬ執着を抱くイッセーくんならほんとうに開発しかねない上に、夢のような技ですね。もし僕が女体化されれば、イッセーくんももしかして……」

「おい木場？　どうして目を潤ませながら頬を赤らめているんだ？」

「こうしてはいられません。早くイッセーくんを呼び戻して、夢のアイデア・女体化魔術を体得してもらわなければ」

「え？」

なんで曹操を追い返したのようイケメンだったのにい、と信奈たちが良晴めがけて文庫本を次々と投げてきた。

「曹操と織田信奈、唐国と日ノ本を代表する英傑が出会う絶好の機会だったのに！　曹操と同盟すればこの世界で天下を奪うことも可能なのにい！」

「だーっ！　俺だって納得いってないんだよ！　せっかく異世界に召喚されたのに、次々と野郎とばかり知り合うだなんて！　美少女はいねえがあああぁ!?」

「たくさんいるんですけれど、今日部室に来ていた女性部員は全員戦国時代に召喚されてしまいまして。ゼノヴィアたちは選挙活動中ですし」

「まあ美少女ならここに四人もいるんだから今更嘆くな相良良晴！　この世界にはあの曹操がいるくらいだから、黒田官兵衛や竹中半兵衛、それどころか織田信奈がいてもおかしくはないな！　部室を出て探しに行こうか、むふー！」

「そうよね。曹操の子孫だって言っていたけれど、あの迫力は本人じゃないのかしら？　たとえば身体は子孫のものだけど、魂が引き継がれているとか……天使や悪魔がいる世界なんだから、それくらい可能よね」

「……前田犬千代を探す。でも男だったら、困る……巨乳だったら、胸なんてただの飾りと説教する」

「り、きゅ（千利休もいるかもしれない）」

待てよ？　と良晴は気づいた。

「『一人入った分一人抜ける』、それがルールだったな木場？」

「ええ。良晴くん、それがなにか？」

「まずいぞ。世界の辻褄を合わせるために異世界から増やした分を必ず減らす、それが『御厩零式』のルールだとすれば……こちらの世界とあちらの世界に別々に存在するはずの同一人物を対面させれば、そのルールが破られる。お互いに、対消滅してしまうんじゃねえか？」

「あっ？　そうかもしれません。もしかして『御厩零式』の真の危険性とは、そこにあるのでは？」

「現代日本の学園と戦国時代の本能寺。本来は同一人物が鉢合わせするはずはないんだが、この世界には曹操という名を持つ英雄が存在する。ということは……」

「もしも織田信奈さんがこちらの世界の織田信長と出会えば」

「対消滅だ！　やべえ！　一刻も早く元の世界に戻らねえと！」

「でも大丈夫ですよ良晴くん。僕の知っている範囲では、こちらの世界に織田信長さんはいませんから。黒田官兵衛さんや千利休さんにも会ったことはありません。それに曹操だってあの三国志時代の曹操ではなく、あくまでも子孫ですから」

「だとしても、だ。この俺だって、さっき訪ねてきた曹操と三国志の曹操を無意識のうちに同一視しちまっていた。信奈がこの世界でなにかを見た瞬間に、そいつがもう一人の自分だと、織田信長だと『認識』すれば！　おそらく対消滅のルールが発動する！」

良晴と木場の背後で、信奈たちが歓声をあげていた。

「おい信奈！　うかつにテレビをつけたり本を開いたりするんじゃねえ！　特にテレビ！」

「えー？　テレビって、なに？　良晴？」

「こいつのことじゃないか？」

手遅れだった。

官兵衛が興味津々の笑顔でリモコンをいじり、壁際のテレビが起動していた。

折しも、国営放送の戦国時代劇が放映されていた――。

『SHK大河ドラマ・黒官一流！　第三回・桶狭間の合戦』

信奈たちが生まれてはじめて見た、テレビ画面の中には――。

『人間～、五十年～』

『信長さま！　今川義元の軍勢が鷲津砦を！』

『下天のうちを～、くらぶれば～』

『踊ってないで軍議を！　織田、信長さまあああ！』

「どうなっているの？　人間がこの板の中にいるわ、官兵衛！　桶狭間の合戦を前に敦盛を舞うだなんて、まるでわたしじゃない！」

「しかも敦盛を舞っているこの男、織田信長と呼ばれているな。むふー！」

「それじゃあこいつが、こっちの世界のわたしっ？　良晴が言っていた。別の世界のわたしは男で、織田信長と名乗っているって。こいつが、その――」

ゴゴゴゴゴゴ。

信奈の身体が、うっすらと消えはじめていた。

「良晴くん！　これは……⁉　そうか、戦国時代の人間はテレビというものを知らない！　テレビの中にほんものの人間が入っていると『認識』して──」

「やめろ、信奈ああああああ！　そいつは人間じゃねえ、ほんものの織田信長でもねえ！　ただのテレビ番組だあああ！」

良晴は、透き通りはじめている信奈の身体に抱きついていた。

しかしその腕は、信奈の身体に触れることができず、すり抜けていた。

「もう消えはじめている！　信奈っ⁉」

●本能寺 D×D（ディーディー）

「すまないリアス。召喚は失敗したらしい。どうやら俺たちのほうがお寺に逆召喚されちまったようだ」

「あなたのせいじゃないわ、イッセー。禁断の『御厩零式』、予想以上に危険な術式だったわね。ここは天界でも冥界でもない。まったく未知の異世界だわ」

「あらあら、うふふ。部室に戻れたら、アザゼル先生にお仕置きしないと」

「イッセーさん。純和室の畳の上に、見慣れない魔方陣が描かれていますか？　これはどういうことなのでしょう？　日本のお寺に、どうして魔方陣が」

「……おそらくこの部屋で、『御厩零式』を行った者がいます」

「ううっ。ほんとうにすまねえ、みんな……!!」

リアスと朱乃が卒業を控え、兵藤一誠は焦っていた。

アーシアや小猫ちゃん、レイヴェルたちは進級しても変わらずオカルト研究部に残留してくれるし、イリナも正式に部員になったし、ゼノヴィアだって仮に生徒会長になるという野望を果たしても部活動は続けてくれるはずだし、オカルト研究部が誇る夢のハーレム状態はいささかも揺るぎない——はずなのだが——しかし、リアスと朱乃という二大巨乳お姉さまが卒業してしまうのはあまりにも痛い。痛すぎる。

そんな悩める一誠に、アザゼルが悪魔の、いや堕天使の囁きを吹き込んできたのだ。

「禁断の異世界戦士召喚魔術『御厩零式』に挑戦してみないか？　イッセー、お前は彼女ができたくらいで満足して成長を止めてしまう男だったのか？」と。そんなことはない！『御厩零式』、やってやろうじゃないか！　と俄然やる気になった一誠は「これだけの神器が揃っているんだ、きっと成功する」とリアスたちを説得し、術式を行ったのだが──。

その結果、召喚作業中に魔方陣が暴走し、目覚めれば部室にいた五人の部員──一誠、リアス、朱乃、アーシア、小猫がこの見慣れないお寺の一室に逆召喚されてしまっていた。

「イッセー。寺の外から、鬨の声があがっているわよ？」

「どうやら包囲されて矢を射かけられているようです。あらあら、うふふ」

「敵軍の旗印は、桔梗の紋章。イッセーさん、いったいこれは？」

「……こんなところに羊羹に似た食べ物が……あむ。後味をひかないキレのいい甘み……おいしいです」

寺を包囲した桔梗の紋章を目にした一誠は「はっ？」と叫んだ。

「そうか。アーシアは知らなくて当然だな。あれは明智桔梗！　敵は明智光秀の軍勢だ！　ということは、このお寺は──」

『敵は本能寺にありですぅ！　討て討てですっ！』

「敵兵の中から、女の子の声？　やっぱり、ここは本能寺だああああ！」

「なにが起きているのイッセー？　未知の異世界に召喚されると同時に、敵の包囲攻撃を受けているだなんて？」

「リアス。ここは戦国時代の京都。どうやら俺たちはとばっちりを食っているらしい。天下人・織田信長が家臣の明智光秀に討たれる歴史的事件『本能寺の変』に巻き込まれたんだ！　ちくしょう、武者の雄叫びばかりが聞こえてきやがる！　おっぱい分が足りなさすぎる！」

「あらあら。イッセーくんにとっては修学旅行以来の京都ですわね。うふふ。それでは織田信長さんを探すとしましょう。まだ本能寺に留まっているはずですわ」

「朱乃さん、まったり話し合っている暇はないッス！　これが本能寺の変だとすれば、日本史上最大の抜き差しならない謀反劇！　黙っていれば、明智光秀に問答無用で討たれてしまう！」

「それでは明智光秀さんと戦うしかないということですか？　あの……イッセーさん？　私たちがうかつに干渉すれば、歴史が改変されてしまうのではないでしょうか？」

「……織田信長はおそらく、この世界から消えています。この部屋にいた者はみな、『御厩零式』を用いて別の世界へ」

小猫には、なぜかこの部屋の魔方陣が『御厩零式』のものだという確信があるらしい。

「なんらかの事故が起きて、二つの『御厩零式』の魔方陣が繋がったのじゃないかしら？　私たちがこちらへ召喚されると同時に、織田信長が私たちの魔方陣へ召喚されたのかもしれないわね」

「禁断の術式と恐れられている理由がわかった気がしますわ。対価を払わずに異世界から戦士を召喚できるのでしたら、過去に魔王や堕天使たちが実行していたはずですもの」

「きゃっ？　ひ、火矢が撃ち込まれてきました？　このままでは本能寺ごと燃やされちゃいます！」

「歴史改変問題を気にしている場合じゃねーな！　ドライグ、頼むぜ！　明智軍を撃退する！　……って、ドライグが出てこないっ？」

「雷を落とす力も使えませんわ」

「たいへんです。わたしの神器（セイクリッド・ギア）も発動できません！」

「どうやら、ここはおおっぴらに魔力を使えない世界のようね。魔力の残り香のようなものは感じるけれど、魔力を発動できる状態じゃないわ」

「ちくしょー。俺たちの世界とは法則が異なるのか」

「……魔力は発動しないけれど、腕力は鈍っていません。力ずくで撃退します」

小猫が「どんっ」と土壁を殴って、粉砕した。

「おっ。身体能力そのものは落ちてねえのか。だったらイケるな！」

そこに、はわわ～待ってください！　と、一誠たちを呼び止める少女の声。

「ええっ？　女の子？　本能寺にっ？」

しかもかわいい！

さらに複数！

中には、リアスに匹敵するほどにおっぱいが大きい子まで！

どうなっているんだっ？　もしかして織田信長のハーレムかっ？　ハーレムなのかっ？

一誠は心の中で叫んでいた。

「くすんくすん。こんな修羅場に召喚してしまってすみませんすみません。わたしたち三人は、織田家家臣団です。わたしは軍師の竹中半兵衛です。異世界から武将を獲得しようとして危険な召喚儀式に失敗した結果、こちらの五人が異世界に召喚されてしまい、代わりに皆さんがこちらに。あ、あ、悪魔の皆さん、いぢめないでくださぁい……」

「俺は兵藤一誠！　女の子はいぢめないぜ！　特にきみのような妹系の子は大切に守る、それが俺のジャスティス！」

「あうう。良晴さん以外の殿方からも相変わらず妹扱いされるんですね、わたし。くすんくすん」

「し、しかし、半兵衛ちゃんの隣の女の子。その胸は、そのおっぱいはいったい⁉　これはすげえ！」

「ひっ？　な、なんだお前。あたしの胸をじろじろ見るなっ！　あたしは柴田勝家（しばたかついえ）。姫さまの一の家臣、織田家筆頭家老だ！　あたしの胸に触れたら、や、槍で刺すぞっ！」

「柴田勝家？　なんで女の子に？　どこかゼノヴィアに似ているが、そこはかとなく脳筋な感じが勝家っぽいといえば勝家っぽいな。しかし巨乳だ！」

「巨乳言うな！　お前は相良良晴かっ！」

「誰だよそれ？」

「ああもう。どうして未来世界や異世界から来る男はみんな、おっぱいに妄執を抱いているんだっ？　長秀、さくっと斬ってしまおう！」

「まあまあ柴田どの、落ち着いて。異世界の皆さん、私は織田家家老・丹羽長秀です」

「に、丹羽長秀が、どうしてどことなく朱乃さんを連想させる和風お姉さんなんだ？」

「先刻、われらが主君・織田信奈さまが召喚儀式に失敗して本能寺から消えてしまいました。京を警備していたうかつ者の明智光秀どのは、謀反が起きて姫さまが討たれたと誤解したようで、錯乱して本能寺をこうして襲撃してきたのです。説得しようにも明智どのは激高していて聞く耳を持ちません。二十点です」

「織田信奈？　信長じゃなくて、信奈？　しかも姫？　な、長秀さんっ！　もしかして……もしかしてこの世界の戦国武将は、みんな女の子なのかあああああっ？」

「ええ。全員ではありませんが、半数以上が女の子ですね。とりわけ天下を窺う大物はそうです。武田信玄。上杉謙信。小早川隆景。大友宗麟。伊達政宗。北条氏康。みんなお年頃の姫武将です。伊達政宗はまだ子供ですが」

「うわあああああっ？　キタコレ！　姫武将！　姫武将の世界だよ！　ってことは長秀さん……この世界では、合戦に勝って国を盗っていけば自動的にハーレムが拡大されていくわけか？」

「その通りですが、ハーレムというふしだらな未来語をすでに知ってしまっている自分が嘆かわしいです。四十点です」

「決めたぜリアス。俺は駒王学園に召喚されちまった織田信奈を呼び戻すまでの間、この戦国時代で織田信奈の代わりに働く！　当面、グレモリー家が織田家の天下統一事業を代行するってことで！　乳龍帝に、俺はなる！」

「イッセーらしいというか、へこたれないわね、ほんとうに」

「イッセーくんの性格は、戦国時代向きかもしれませんわ」

半兵衛が「あ。この世界の日ノ本にはすでに姫巫女さまがおられますので、帝にはなれません」と苦笑した。

「それじゃ乳龍王で！」

「くすんくすん。王もちょっと……」

「えーい。それじゃ乳龍大将軍でいいや！　ハーレムさえ築けるならば、俺は肩書きや身分にこだわらないんだ！」

「……くすんくすん。どうにも、良晴さんに似ているような……」

「みんなも俺についてきてくれるかっ？」

「……この羊羹に似たお菓子をもっとくれるのなら、ついていきます」

それは「ういろう」という名古屋名物です、どうぞ、と半兵衛が小猫に新たなういろうを手渡した。

「私はどこまでもイッセーさんについていきますが、目の前の明智軍をどうしましょう？完全に包囲されてしまっていて、逃げ場はありません。さりとて、戦って光秀さんを討ち取るわけにもいきません」

「アーシア、問題ない。明智光秀も女の子なんだよな、長秀さん？」

「ええ。おでこが大きいですが、高貴な和風美人です。ただ思い込みが激しくて、ちょっとばかり人の話を聞かずに暴走する癖がありまして」

「女の子なら、ドライグ不在でも戦闘不能に追い込めるぜ！　乳龍帝の（ある意味）究極奥義、ドレス・ブレイクでな！」

一誠は「こんな状況でもあなたは一ミリもブレないわね」と頰をつねってきたリアスの

胸に試しに手を当ててみたが、しかし狙った技は発動しなかった。

「な……なんだって？　ドレス・ブレイクも使えねえだと？　うおおおおおん！」

半兵衛が「一誠さん。あなたが持っているらしい『龍』系列の魔法はこの日ノ本では完全に無効なんです。わたしが京の地下に流れる龍脈を断ってしまいましたから。くすん。すみませんすみません」と半泣きになりながら謝ってきたので、一誠はこの戦国時代に長く留まっていては自分はおっぱいという夢を見失ってきっとダメな人間になるという衝撃の未来を予感した。

「こ……このままじゃ柴田勝家のおっぱいは永遠に拝めねえというのか？　それ以前に、どうやって明智軍を撃退する？　ダメだ。今の俺は、無力すぎる……」

「まあまあ。リアス。臨戦態勢に入ってテンションがあがっていたイッセーくんの精神力が急激に萎れはじめましたわ。戦場の修羅場だというのに」

「立ちあがるのよイッセー！　あなたならできるわ！　たとえ龍の力を奪われても、ドレス・ブレイクを封じられても、あなたならきっと未来を切り開くための新しい技を習得することができるはずよ！　オカルト研究部に入部してからの努力と戦いの日々を思いだしなさい！」

「……そうだった……リアスを部長と呼んでいたあの頃の俺を！　思いだしました！　そ

こにおっぱいがある限り、俺はあきらめねえええええ！　まして、ここは姫武将だらけの夢のハーレム世界！　絶対に仲間とともに生きてこの本能寺の変を切り抜けてみせるぜ！　俺はまだ生きているじゃねえか！　生きている限り、おっぱいをあきらめることはしねえ！　神器（セイクリッド・ギア）の力を借りずとも、俺自身の力で明智光秀を脱がせる別の手段を今すぐ考える！」

「イッセーさん、かっこいいです！」

「……最低な台詞（せりふ）だけど、異世界に流されてもたくましいです」

ここが戦場の鉄火場でさえなければもう少し落ち着いた子なんですよ、と朱乃が長秀に弁明した。

はい。似たような殿方を知っていますのでもう慣れています、と長秀が笑った。

だが半兵衛が、ふるふると震えながら一誠の制服の袖をつかんできた。

「一誠さん。織田家同士で戦っては恨みを残します。この事態を収拾するには、信奈さまを呼び戻して明智さまを正気に返すしかありません」

「明智光秀を脱がせても正気には返らないということかい？」

「はい。むしろますます激高します。戦国時代の姫武将は基本的に、皆さん極度に羞恥心が強いので……なにぶん武士ですから。柴田さまなどは、人前でいきなり服を剝（む）かれたら切腹してしまいます」

「わかった半兵衛ちゃん。俺は、あくまでもこの無益な戦いを終結させるために明智光秀を脱がそうとしていたんだ。決して、清楚な和風美少女がおっぱいを俺に見られて戸惑っているうれし恥ずかしい姿をこの目に焼き付けて脳内メモリーに永久保存したいという私利私欲のためだけに脱がそうとしていたんじゃあないぜ」

「ソ、ソウデスネ。ワタシハサイショカライッセーサンヲシンジテイマシタ。くすんくすん」

あら。半兵衛ちゃんの目が死んでいますわうふふ、と朱乃が苦笑いした。

嘘をつくことが苦手な子なんですね、とアーシアが半兵衛に同情して涙ぐんだ。

「だが、どうやって織田信奈たちを連れ戻す？　本能寺の門は突破されかかっている。建物中に火が回りはじめているし、もうあまり時間がない」

「とにかく、部屋が炎上してしまう前に『御厩零式』の術式をもう一度行いましょう。少々勝手が違うけれど、軍師の半兵衛ちゃんに補佐してもらえればきっとできるわ。竹中半兵衛と言えば『今孔明』と呼ばれた戦国時代一の天才軍師ですもの」

「リアス。それだけでは学園に再接続できない。向こうからもリアクションがなければ繋がらないはずだ」

「向こうでも私たちを元の世界に帰還させるために動きだしていると信じて賭けましょう。あ、でも……この世界では、神器が使えないのよね？」

「そうねえ、リアス。『御厩零式』ほどの大がかりな召喚儀式ともなれば、神器は必須。魔方陣だけでは、出力が足りないわ」

「皆さん。庭園に十字架が突き立っています。きっと先ほどの召喚ではあそこから雷の電力を取り込んで魔方陣に注いだのでしょう。けれど、今はすっかり青空です。雨が降る気配はありません」

「私が雷を落とせればいいのだけれど」

神器というものがなんなのかわたしたちにはわかりませんが、おそらく代用できるものはあります、と半兵衛がうなずいていた。

「さすがは明智光秀、門を突破された！　明智の兵がいっせいに押し寄せてくる、急いでくれ！」

門に回って戦っていたらしい勝家の声が、遠くから聞こえてきた。

と同時に、庭園から続々と明智軍の足軽たちが一誠たちの籠もる部屋めがけて殺到してきた――！

「もう消えはじめている！　信奈っ⁉」

駒王学園オカルト研究部部室。

良晴が伸ばした腕は、信奈の身体（からだ）をすり抜けていた。

官兵衛が「どういうことだ相良良晴？　このシメオンが修めた南蛮科学をもってしても理解できない現象だ！」と声をあげた。

「しまった、間に合わなかった！　もう……」

「いえ！　まだ、間に合います！」

ドオオオオン。

「り、きゅ？（織田信奈の身体が完全に静止した。透明化も、止まった）」

「これは？」

良晴たちが振り返ると、そこには金髪ボブカットの小柄な美少女が立っていた。

「良晴くん。ギャスパーくんの力です！」

「僕が『停止世界の邪眼（フォービトゥン・バロール・ビュー）』で信奈さんの時間を止めました！　ですが、いつまでも止めてはいられません、急いで召喚儀式をはじめてください！」

「ああ、そうか。段ボール箱に入っていた子か！　ついに異世界で女の子と巡り会えたあああ！　しかもかわいい！　もう永遠に拝めないと思っていた現役ＪＫの制服姿、キタアアアア！」

「すみません。僕は男です。女装は、趣味です」

「……間違っているだろ！　なにが悲しくて、世界線を越えてまで次々と野郎たちとばかり遭遇しなければならねーんだっ!?　戦国時代で姫武将ばかりと知り合った分の帳尻合わせかっ？」

「ヒイイ。なにも泣かなくても？　期待に添えずごめんなさい！」

「良晴くん、残された時間は少ない。『御厩零式』を」

「おっそうだな！　魔方陣はすでに描かれている。頼むぜ官兵衛、利休！」

官兵衛が「しかしあいにくの晴天で雷は落ちそうにない！」と頭を抱え、利休も「り、きゅ（儀式に用いる名物茶器がない）」と手を組んでバッテンマークを出した。

「だいじょうぶです。この部室に茶器はありませんが、神器（セイクリッド・ギア）を用いれば術式を発動できます。僕たちはその神器（セイクリッド・ギア）を用いて『御厩零式』を発動させました」

「神器（セイクリッド・ギア）？　木場、そいつはどこに？」

「僕たちの身体の中にあります」

「身体の中⁉」

「ももう限界です！　信奈さんの時間が動きだしてしまいますう。早く！」

官兵衛が「とにかく術式解放！　織田信奈を戦国時代に帰せば消滅は免(まぬが)れるんだろう？　この大手柄で北九州あたりの領国をいただくぞ！　むふー！」と召喚呪文を唱えはじめ、利休が「ごす、ごす。ろり、ろり」とアニメ声で歌いながら不思議な踊りを舞いはじめた。

そして犬千代は、魔方陣の正面に正座して、羊羹(ようかん)をぱくぱくと食べた。

「来たぞ官兵衛、でかした！　魔方陣の中心から、光の柱が！」

「黒官一流にお任せあれ、あーははは！」

「眩(まぶ)しくて見えないが、この光の柱の向こうに戦国時代の本能寺があるんだな！　越えていくぞ！　あ、あれ、おかしいな。足を踏み入れることができない。見えない光の壁が遮っていやがる⁉」

「ダメです良晴くん！　二つの世界を繋げるには、エネルギーの出力が足りません！　戦国時代に召喚されてしまったイッセーくんとアーシアさんの神器(セイクリッド・ギア)が欠けているためです。僕とギャスパーくんの神器(セイクリッド・ギア)だけでは……」

「ひいいいい。時間をこれ以上止められませええええん！」

「嘘だろおおお？　頼む、踏ん張ってくれ！　信奈が消えちまう！」

その時。

犬千代が、いきなり朱槍を構えて立ちあがった。

「……光の柱の向こうに、猫の影を見た。これはきっと化け猫」

「猫の影？　俺には見えねーぞっ？」

「猫は犬に退治されるべき存在。お犬さまこそ至高——！」

ドンッ！

犬千代は羊羹をほおばりながら、光の柱めがけて朱槍を突き入れていた。

渾身の一撃——！

「手応えあり！」

ガンッ!!

朱槍の先端が、岩のように硬い何者かの拳に激突していた。

その衝撃で光の壁が崩壊し、本能寺の和室から光の壁めがけて拳を撃ち込んできた主が顔を現した。

「……ね……猫だいすき」

光の壁の向こうに犬の気配を感知した、と言いだして全力を込めた拳を繰り出した小猫だった。

あむあむと、ういろうをほおばっている。

明智光秀に襲撃されていた本能寺側でも、大量の名物茶器を用いて『御厩零式』を実行し、駒王学園に流されてしまった信奈を呼び戻そうとしていたのだった。

だがわずかに出力が足りない！　光の壁を越えられない！　雷の力がなければ無理だった！　と周囲を明智光秀の軍勢に完全包囲されて一同が追い詰められたところで、光の壁めがけて小猫が突然「……犬は猫に倒されるべき存在です」と拳を振り下ろしたのだった。

「なにが起きているのかよくわかりませんが、小猫さんと前田犬千代どのの渾身の一撃が最後の一押しとなり、光の壁を打ち壊して二つの世界が繋がりました！　満点です！」

「あらあらうふふ。犬と猫、時空を越えて激しく憎み合うその感情はもはや愛の裏返しと言ってもいいのかもしれませんわね」

「……ういろう、おいしいです」

「……羊羹、おいしい」

ういろうと羊羹を交換しながら、犬と猫とがハイタッチ。

小猫と犬千代。宿命のどうぶつ対決は両軍大勝利という最高の結果で終わった。

「互いの魔方陣の出力が弱まっています、五人と五人はすみやかに入れ替わってください！」

木場が声をあげると同時に、一誠たちは消滅しはじめた光の柱に飛び込んでオカルト研究部部室へと滑り込み、良晴たちは再び実体化をはじめて「なにがどうなっているの？」ときょとんとしている信奈を押し出しながら本能寺の一室へと舞い戻った。

英雄は英雄を知る、と言う。一誠と良晴はわずかなすれ違いざま、「なんてエロい顔つきの野郎なんだ」「こんなおっぱい好きそうな野郎ははじめて見た」とつぶやきながら、別れの挨拶とばかりに腕をクロスさせていた。

だが、良晴はどうにも納得いかなかった。

一誠の彼女とおぼしきリアスは、巨乳を飛び越えて爆乳と言っても過言ではないバストを誇る反則的な美少女だった。それに比べると信奈は戦国日ノ本一の美少女ではあっても胸のサイズに若干の不利があることは否（いな）めない。しかも、こんなことを口走ったら即座に信奈に斬り殺されちまうから冗談めかして愚痴ることすらできない——というだけではない。

「イッセー、だいじょうぶ？　あなた、ずいぶんと火矢を撃ち込まれているわ。神器（セイクリッド・ギア）も使えない状態だったというのに、私の盾になって……怪我（けが）しているじゃないの」

「イッセーさん、部室に戻ったらすぐに治療しますから！」

「あらあら。イッセーくん。治療でしたら、この私が」

「兵藤一誠だったかっ？　なんだお前の部活の女の子たちはっ？　モテモテか？　モテモテの上に女の子同士が円満なのかっ？　なぜお前を巡って血の雨が降らないんだ？　マジでハーレム状態じゃねえか！　現代日本は一夫一妻制度じゃなかったのかああああ？　どうすれば彼女に嫉妬されずにハーレムの主になれるのか、教えてくれ！　いろいろ訳あって俺はかなり切実だぜ！」

「相良良晴、ハーレムの主はお前のほうだろう？　織田家に仕えて戦国日本を切り取り放題、しかも姫武将が勢揃いだなんて、反則にも程があるじゃねーか！」

「俺はいつも嫉妬深い信奈に殺されそうになってるんだよ、一国一城の主に出世した今でも生殺しだぜ。ハーレムなんて夢のまた夢だ！」

「俺だってリアスに嫉妬はされるが、織田信長はまずいだろう、織田信長は」

「違うな、俺の彼女は『織田信奈』だ！　織田信長ってのは、歴史家が捏造した架空の人物だぜ！」

「言い切りやがった！　熱いな！　さらばだ、友よ！　ハーレムのために！」

「おう！　ハーレムのために！」

五人と五人が、元いた部屋へと舞い戻ると同時に。

光の柱は、閉じられていた。

「あれ？　信奈さま？　何者かに謀反されて討ち取られたのではなかったのですか？」

　本能寺。

　信奈さまの仇を取るですう、敵は本能寺にあり！　と自ら種子島を担いで部屋へと踏み込んでいた明智光秀は、その信奈が魔方陣の真ん中にしゃがみこんでお茶を飲んでいる姿を見るなり「??:??」と固まってしまい、そして脱力していた。

「いいいいい生きていやがったんですか？　十兵衛は、てっきり……の、信奈さまああああ！」

「十兵衛？　あんた、わたしが討ち取られたと早合点して本能寺を襲撃したわけ？　まったくもう。うかつ者にも程があるんだから。だいじょうぶよ。天下を統一するまで、わたしが倒れるわけないでしょう？」

「よかったです、信奈さまあああ！」

　鎧のあちこちに矢を突き立てられている勝家が「いや、あたし光秀の軍勢に討ち取られそうになったんだけど？　これだけ盛大にやらかした光秀にはおとがめなし？」と首を捻り、長秀が「姫が生還されたのですから、なにはともあれ満点です」と苦笑して勝家の肩を叩(たた)いた。

「官兵衛さん、お帰りなさい。心配していたんですよ、くすん」

「半兵衛、きみのほうこそ本能寺でずいぶんと追い詰められていたようだな。このシメオンがいないとダメだなあ、きみは。あーははは！」

「り、きゅ（異世界の神器(セイクリッド・ギア)を調べたかったけれど、時間がなかった）」

「……羊羹の製法を……猫に聞いておくべきだった……あむあむ」

信奈たちは再会を祝って、そのままお茶会へと突入したのだった。

明智勢の足軽たちが「結局なんだったんだ？」「うちの姫さまは先走るからな。謀反が起きたって話はただの妄想だったらしい」「信奈の御大将に切腹させられなくてよかったよかった」と引き上げていく中、縁側に寝転んだ良晴は「はーやれやれ。これで本能寺フラグが消化されてくれたならいいんだが」とつぶやいていた。

「くすん。そうもいかないと思います。ですが、今後の参考になるかもしれませんね。実行犯が誰かもまだ特定できていませんし、そもそも野望による何者かの謀反ではなく、今回のように誤解がもととなって偶発的に本能寺の変が起きる可能性も視野に入れていきましょう」

半兵衛が良晴の隣にちょこんと座って、そして「どうぞ」と膝枕をしてくれた。

「ははは半兵衛っ？　どうしたんだ？　照れるからよせやい！　くすぐったい！」

「はい。殿方は女の子の膝枕に癒やされる、と駒王学園の皆さんに教わりました。わたしはもう陰陽師ではなくなってしまったので治癒の能力は使えませんが、膝枕でしたらいくらでも良晴さんにしてあげられます」

「半兵衛、なんて優しいんだ……ううっ……しかもこんなに積極的な半兵衛って、新鮮でいいよな！」

「おっぱいがあればもっと癒やしてさしあげられるとリアスさんから伺ったのですが、残念ながらわたし、胸は小さいですから。でもでも。毎日、牛さんの乳を飲めばどんどん育つと教わりましたから、これから努力します！　日々の合戦に命を懸けておられる良晴さんの魂の癒やしのために！」

「ふはああ～っ？　リアスさんマジ天使。いや、悪魔だったたっけ？」

「はい。魔王さまの妹さんだそうです」

「あー俺も人間やめて悪魔になりてえー。信奈のおっぱいがリアスさんくらいでかければなー。とはいえあいつも身体が細いわりにはけっこうでかいから、あとちょっと。そう、あと1カップの底上げでいいんだよ。そうだ、信奈にも牛乳を飲ませまくろうかな？」

「ふふ。いいですね。本能寺で牛さんを飼いましょう」

ゴゴゴゴゴ。

おや。背後でなにかが燃えている。激しい炎が燃えているよ？

「……魔王なら、ここにいるわよ？　野望のためならば比叡山だって平然と焼き討ちする第六天魔王がね？」

なんてこった。やっぱり俺はハーレムの主にはなれないのか、と良晴は半兵衛の膝にすがりつきながら瞑目した。

「ねえ良晴？　主君であるこのわたしが文字通り危機一髪だったというのに、お子さま相手にいったいなにをやっているのよ？　それに……誰の胸が小さい、ですって？　わたしだって小さくはないでしょう、小さくは！　なによなんなのよ、いったいどこまで欲深いサルなのよあんたという男は！」

「くすんくすん。信奈さま、落ち着いてください。こここれは浮気とかそういうものではありませんから。駒王学園流の癒やしというもので……」

「半兵衛、あんた悪魔に騙されているのよ！　サルッ！　主君の胸が小さいなどと口走ったその罪、万死に値するわ！　潔く切腹しなさいっ！　切腹っ！」

「ひえ〜っ!?　待てよ信奈、刀を振り下ろすな！　お前が斬ったら切腹にならねーだろうがっ！

「こらっ逃げるな！　待ちなさいよ～！」

良晴は思った。信奈の焼き餅焼きという恐ろしい悪癖を矯正する魔法はないものかと。

あとがき

読者の皆さま、お久しぶりです。石踏です。

前回（真ハイスクールD×D4）から、一年も空けてDX．6が発売となりました。

その理由は後述するとして、まずはこの巻でコラボをさせて頂きました「織田信奈の野望」について、お話致します。

イラストレーターさんがみやま零さんで同じということもあり、以前にドラゴンマガジンの企画のひとつとして、D×Dと信奈でコラボ小説をしよう、ということになりました。お互いに短編を書いて、一挙に誌面でコラボさせて頂きました。春日みかげ先生が書かれたD×Dキャラと、私が書く信奈のキャラが入り乱れ、それぞれの視点とストーリー展開で描かれた両短編は非常に楽しく描かれたのではないかなと思います。

あらためまして、春日先生、当時のコラボの件と、このDX．6にそのお話を収録させて頂くことに関しまして、まことにありがとうございました。コラボ、楽しかったです。

さて、前回から一年も空けてしまった理由ですが、２０２０年に著しく体調を崩し、長期にわたって療養が必要になってしまったためです。命にかかわるほどではないものの昨年、夏に入る頃からは執筆がままならなくなってしまい、治療と療養に専念することになりました。現在は薬の効果もあり、徐々に普通の日常を送れるようになってきました。担当編集さんと話し合い、復帰の時期を模索しているところです。

ファンの皆さま、真D×DとSLASHDØGの新刊及びこの巻での書き下ろしをご用意できず、まことに申し訳ございません。今回の体調不良でみやま零さん、SLASHDØG担当のきくらげさん、担当編集さんにも多大なご迷惑をおかけしてしまい、本当にすみませんでした。

近年、体の不調によってご心配をおかけしておりますが、体調の良いときには各作品の物語の展開、執筆のアイデアがひらめいておりまして、メモしたり、時折担当さんにお話したりしておりますので、その点はご安心ください。

近く必ず戻ってきますので、しばしお待ちくださいますよう、よろしくお願い致します。

初出
Life.1　悪魔、継続中です！
Life.2　オカルト研究部ＶＳおっぱいキメラ！
Extra Life.　プレリュード・オブ・エクスカリバー
【ハイスクールＤ×Ｄリアス×朱乃おっぱいBOOST BOX!　収録】
Life.4　アクマのおしごと体験コース
【ハイスクールＤ×Ｄリアス×朱乃おっぱいBOOST BOX!　おかわり収録】
Life.5　ご注文はアクマですか？
【ドラゴンマガジン２０１９年５月号　収録】
Life.6　開業！　グレモリー不動産！
【ドラゴンマガジン２０２０年５月号　収録】
Bonus Life.1　戦国☆ブラジャー　著者：石踏一榮
Bonus Life.2　御厩零式物語　著者：春日みかげ
【ドラゴンマガジン２０１４年11月号　収録】

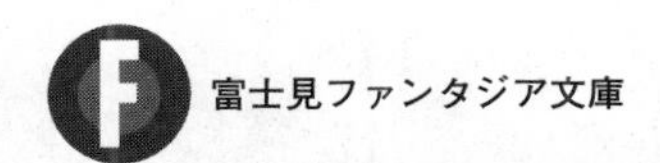

ハイスクールD×D DX.6

ご注文はアクマですか？

令和３年３月20日　初版発行

著者――石踏一榮

発行者――青柳昌行

発　行――株式会社KADOKAWA
〒102-8177
東京都千代田区富士見2-13-3
0570-002-301（ナビダイヤル）

印刷所――株式会社暁印刷

製本所――株式会社ビルディング・ブックセンター

本書の無断複製（コピー、スキャン、デジタル化等）並びに無断複製物の譲渡および配信は、著作権法上での例外を除き禁じられています。また、本書を代行業者等の第三者に依頼して複製する行為は、たとえ個人や家庭内での利用であっても一切認められておりません。

※定価はカバーに表示してあります。
●お問い合わせ
https://www.kadokawa.co.jp/（「お問い合わせ」へお進みください）
※内容によっては、お答えできない場合があります。
※サポートは日本国内のみとさせていただきます。
※Japanese text only

ISBN978-4-04-074026-3 C0193 ◇◇◇

©Ichiei Ishibumi, Miyama-Zero 2021
Printed in Japan

騙しあい。

各国がスパイによる戦争を繰り広げる世界。任務成功率100%、しかし性格に難ありの凄腕スパイ・クラウスは、死亡率九割を超える任務に、何故か未熟な7人の少女たちを招集するのだが――。

シリーズ
好評発売中！

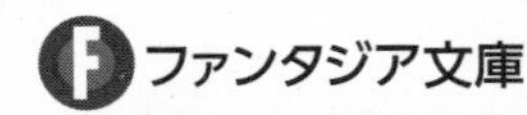

世界最強の

“不可能任務”に挑む少女たちの
痛快スパイファンタジー！

スパイ
教室

竹町
illustration
トマリ

切り拓け！キミだけの王道
ファンタジア大賞

原稿募集中！

賞金
《大賞》300万円
《金賞》50万円　《銀賞》30万円

選考委員
細音啓「キミと僕の最後の戦場、あるいは世界が始まる聖戦」
橘公司「デート・ア・ライブ」
羊太郎「ロクでなし魔術講師と禁忌教典（アカシックレコード）」
ファンタジア文庫編集長

前期締切 8月末日
後期締切 2月末日

公式サイトはこちら！ https://www.fantasiataisho.com/

イラスト／つなこ、猫鍋蒼、三嶋くろね